어머니의 섬

어머니의 섬

가세현 수필집

정은출판

| 책을 내며 |

결실의 계절입니다.

날줄 한 줄 씨줄 한 줄을 밀어 올리며 고운 천을 짜는 마음으로 어렵게 쓴 글을 모아 첫 번째 문을 조심스레 열었습니다.

가을의 문턱에서 지나온 세월을 돌이켜 봅니다. 수십 년을 성현들의 시나 고사성어를 묵의 향기로 쓰는 서예를 해왔는데 막상 나의 글을 쓰려니 녹록지 않았습니다.

글 밭을 일구려니 부족한 글솜씨에 몇 줄을 쓰다 손을 놓게 되고, 다시 생각하며, 마무리되지 않은 글을 가슴에 안고 밤을 하얗게 지새우기도 했습니다.

쉽지 않은 길이었습니다. 그러나 배운다는 것은 참으로 행복함을 얻는 보람이었습니다. 일상을 벗어나 수필을 배우고 별과 달을 보며 집으로 향하는 길은 언제나 뿌듯함을 느꼈습니다.

글을 써보니 칠십 평생을 지나온 또 다른 나를 발견할 수 있었습니다. 부족하여 만족스럽지는 않으나 부끄럽지 않으려고 깊이 고뇌하고 열정을 일깨우는 시간 속에서 행복도 배웠습니다.

첫 수필집을 내면서 부족함이 많음을 깨달았습니다. 인내와 꾸준한 노력으로 소소한 삶에 한 줄기 빛과 언어의 꽃으로 감동을 주는 수필가가 되도록 더욱 노력하겠습니다.

애정 어린 마음과 열정으로 지도해 주시고, 작품해설을 써주신 은사님이시자 수필가 김홍은 충북대학교 명예교수님께 진심으로 감사드립니다.

언제나 변함없이 내조를 잘해준 아내에게 사랑한다는 말과 고마움을 전하고, 사위, 딸, 외손자들도 고맙고, 사랑합니다.

끝으로 수필집 '어머니의 섬'을 하늘에 계신 아버지 어머니께 두 손 모아 바칩니다.

2023년 가을

저자 가 세 현

차례

1부 어머니의 섬

2부 묵향

3부 아버지의 눈물

4부 중경 대한민국 임시정부

1부

어머니의 섬

어머니는 외로울 때마다 달을 바라보시며 천수만에 달이 뜨면 더욱 아름다운 고향 간월도를 그리워하셨으리라. 옥색 바닷물이 햇빛에 반사되어 윤슬이 아름다운 바다를 그저 한없이 바라보시며 계신다.

- 〈어머니의 섬〉 중에서

매화의 향기
미선尾扇의 꽃향기
백일홍
함박꽃나무
연蓮
산수유나무
어머니의 섬
봄비
학자의 나무
호박 예찬
아내의 채마밭

매화의 향기

입춘을 지나 우수다. 고고한 자태를 자랑하며 맨 먼저 봄소식을 전한다는 매화를 화선지에 그려본다. 매향은 묵향과 어우러져 집안 가득 고요로 다가온다.

발코니에는 매화나무 분재가 두 개가 있다. 정월이면 백 매화가 먼저 봄소식을 전한다. 봄의 전령사인 것이다. 한 달 동안을 그윽하고 청아한 향기가 집안 가득 고요로 잦아 든다. 백색의 매화꽃과 그 향이 봄소식을 다할 즈음 또 한 그루의 매화나무가 꽃망울을 터트린다. 꽃은 백색인데 꽃받침은 붉은색이어서 또 다른 멋을 선사한다. 밤이 깊어 달빛과 별빛만이 매화나무를 비추면 매화의 참모습이 나타난다. 해묵은 줄기에 고고한 자태의 하얀 꽃은 은은히 빛을 발하는데 낮보다 더 화사할 뿐만 아니라 은밀하면서도 요염하다. 그래서 월매月梅라 부르는가 보다. 누구라도 이 청아함에 반하지 않을 수 없으리라.

하얀 눈이 내리는 날이면 그리움이 애잔하게 밀려온다. 이 년 전 여름, 더위가 극심하였었다. 십수 년을 마음으로 위로를 주고받으며 함께 했던 매화는 나의 곁을 떠났다. 온전히 나의 잘못이었다. 화분이 조금 작아 큰 화분으로 분갈이해야지 하며 미루어 오던 차에 일을 당하고 만 것이다. 몇 날 며칠을 후회하고 또 후회하였으나 소용이 없다. 슬픔으로 보낸 백매화와 같은 매화를 지난해 봄 입양을 했다. 정이 들어서일까, 떠나보낸 매화가 여전히 눈에 선하다.

선비들은 사군자 중에서도 매화를 으뜸으로 여겼는데 특히 매화와 대나무를 이아二雅라 했으며 이아에 돌石을 합쳐 삼청三淸이라 하고 사군자에 연꽃을 더해 오우五友라 하여 항상 가까이했다고 한다. '양화소록'의 저자 강희안은 화목 9등품론을 통해 매화를 1등품으로 분류하고 '매화는 높고 뛰어난 운치로 가히 취할 만하다.'라고 극찬하였다고 한다.

매화의 꽃말은 '고결한 마음' 그리고 '인내'이다. 매화는 청렴하고 곧은 절개로 선비와 같은 기풍이 있다. 이른 봄 가장 먼저 꽃을 피운다. 하여 춘고초春告草라는 애칭을 얻었다.

퇴계 선생이 유언으로 '매화나무에 물을 주어라!'라고 했다는 일화는 너무나 유명하다. '매일생 한불매향梅一生寒不賣香 매화는 한평생 춥게 살아도 그 향기를 팔지 않는다.'라는 상촌 선생의 시구詩句는 서예인이라면 한 번쯤은 써 보았을 것이다.

매월당 김시습은 30대에 금오산에 기거, 매화를 가꾸면서 시를 쓰며 참선을 했다고 전한다. 매월당梅月堂이란 호號도 이때 지은 것으로 생각된다. 달빛이 흐르는 밤에 은은히 풍기는 매화향을 맡으며 학문을 닦던 모습이 눈에 선하다.

매화를 얼마나 사랑하였으면 매화를 아내로 삼고 학을 아들로 삼아 매처학자梅妻鶴子로 불렸다는 송나라 임 포의 일화는 매화 사랑이 각별했음을 알 수 있다.

매화나무를 끔찍이도 사랑했던 조선 시대의 화가 단원 김홍도의 화선畵仙다운 고결한 인품을 말해주는 일화가 있다. 충청북도 연풍 현감 시절, 하루는 어떤 사람이 매화나무를 팔려고 하는데 김홍도는 그 매화가 썩 마음에 들었으나 돈이 없어 살 수가 없었다. 이때 마침 어떤 사람이 그림을 청하여 그 사례로 삼천 량을 주자 김홍도는 이천량으로 매화를 사고 팔백 냥으로 술 여러 말을 사다가 친구들을 불러 매화를 감상하며 술을 마셨는데 그 술자리를 매화음梅花飮이라고 했다고 한다. 그리고 남은 이백 냥으로 쌀과 나무를 사들였으나 겨우 하루 지낼 것밖에 안 되었다고 한다. 이를 보면 매화를 얼마나 사랑했었는지 알 수 있다. 눈 속에서도 핀다고 하여 설중매雪中梅라 하였다. 얼마나 희고 고우면 '눈이 꽃과 같고 꽃이 눈과 같다.'라고 하였을까? 자태를 잃지 않고 피어있는 의연한 모습에서 매화의 기개를 알 것 같다.

매화는 선비의 지조와 절개를 상징하고, 사군자인 매난국죽梅蘭菊竹 중에서도 으뜸이다. 불의에 굴하지 않는 선비 정신의 표상이다. 추위에 잘 견디는 소나무 대나무와 함께 한 폭의 그림에 담아서 세한삼우歲寒三友 '송죽매'라고 하는데 나는 '매송죽'이라고 부르고 싶다.

오랜 세월 선비들과 함께해온 한국의 4대 매화가 천연기념물로 지정되어 있다. 백양사의 '고불매', 오죽헌의 '율곡매', 화엄사의 '들매', 선암사의 '선암매'이다. 며칠 있으면 매화꽃이 피어 선비의 절개답게 고운 자태에 향기 또한 가득하리라.

매화나무의 꽃이 언제 피고 언제 지는 줄도 모르고 바쁘게 살아가는 일상이지만 한 번쯤은 청렴하고 곧은 절개가 있는 매화를 가까이하여 꽃이 피는 모습을 보며, 향기를 느끼고, 매화를 사랑하며 꽃말처럼 고결하게 살아가고 싶다.

미선尾扇의 꽃향기

십여 일 전 귀갓길에 행길 옆 밭둑에 소담스럽게 하얀 꽃들이 피어있는 것을 발견하고 차를 멈추었다. 코끝에 스미는 은은하고 그윽한 향기, 순간 미선나무임을 직감했다. 삼 년 전 이맘때 초평에 갔다가 우연히 미선나무 자생지를 둘러보았다. 예상치 못한 그윽하고 달콤한 향을 가진 미선과 만남, 그것도 한두 그루가 아닌 군락群落으로, 길이는 오륙 미터 키는 가슴높이에 폭도 일 미터는 족히 될 듯하다. 이 무슨 횡재란 말인가? 내가 사는 내수 고을에 그것도 밭둑에….

가슴은 두근거리고 미선의 향기에 금세 취해 버렸다.

꿈인가 생시인가! 미선을 감상하고 있노라니 밭 건너 주유소에서 오래전부터 미선나무를 관리하고 있다고 한다. 주유소 주변에도 많이 심겨 있는데 옆으로 뻗은 가지에 하얀 꽃이 만개하여 화사하고 고운 향기가 솔솔 풍겨 나온다.

미선나무는 우리나라에서만 자생하는 세계 유일의 1종 1속으로 물푸레나뭇과에 속한다.

꽃말은 '모든 슬픔이 사라진다.'이다. 개나리와 비슷하여 하얀 개나리라고도 하는데 개나리꽃은 향기가 없지만, 미선나무꽃의 향기는 한번 맡으면 결코 잊을 수 없는 특유의 청아한 향이 있다. 미선尾扇은 열매가 궁중에서 쓰이는 둥그스름한 모양의 부채를 닮았다고 해서 붙여진 이름이다.

일요일 부슬부슬 내리는 봄비를 맞으며 미선나무 분화 전시회를 보기 위해 미동산수목원 목재 체험장을 찾았다. 하얀색, 분홍색, 노란색, 상아색으로 핀 미선나무를 크고 작은 화분에 다양하게 구성해서 조화롭게 전시하고 있다. 내킨 김에 괴산과 진천 자생지를 답사하기로 하고 괴산 송덕리(천연기념물 147호)를 맨 먼저 찾았다. 봄비를 맞아 영롱한 물방울을 머금은 하얀 꽃들의 저 싱그러움의 생명, 조용한 눈 맞춤은 내게 커다란 감동이다.

봄비는 어느덧 멈추어 가는데 미선은 수줍은 듯 고개를 숙이고 있다. 시라도 한 수 읊고 싶으나 시상은 머릿속에 맴돌 뿐 애송시 반이 생각난다.

'내가 그의 이름을 불러 주었을 때 그는 나에게로 와서 꽃이 되었다.'

괴산군 장연면 추점리(천연기념물 220호) 양지바른 언덕 돌무더기 주변에 꽃을 피웠다. 비옥한 땅에서 밀려나 거들떠보지도 않는 돌 틈에 몸을 맡긴 채 겨우내 견디기 힘든 혹한의 여행을 마치고 어느 때보다도 순백의 꽃으로 태어나 향을 발하고 있다. 그리운 임에게로 좀 더 가까이하고자 했을까? 마을 어귀 눈에 잘 띄는 곳에서 조용히 임을 기다리며 기도하는 모습이다. 입구에는 기념비도 서 있고 지친 삶의 무게를 내려놓고 잠시나마 쉬어가라는지, 돌의자들도 놓여 있다.

괴산군 칠성면 율지리(천연기념물 221호) 자생지는 길에서 조금 떨어져 조그만 소류지 언덕 위 아늑한 곳에 있다. 주차장에서 자생지까지 조용한 오솔길이다. 길 양옆에 미선의 꽃향기가 그윽한데 내리던 비는 서서히 그치고 소류지의 운무는 자생지로 안내하듯 조용히 피어오른다.

어찌하여 대나무처럼 속이 비어 있되 마디마다 막혀있으며, 어린 가지는 무슨 사연으로 네모로 태어나 결국은 둥글게 살아가기로 했는가. 상상조차 못 했던 현실 앞에 궁금하여 죽어있는 가지를 꺾어 속을 보니 크지는 않지만 정말 구멍이 있다. 꽃은 활짝 피기 전에는 희고 노랗고 푸르스름하지만 만개하면 모두 흰색으로 변해 본연의 아름다움과 변치 않는 사랑으로 하트 모양의 열매가 되어 우리에게 다가온다.

영동군 매천리(천연기념물 364호)와 부안군 중계리(천연기념물 370호) 답사는 다음으로 미루고 진천군 용정리에서 1917년 정태현 박사가 최초 발견하고 채집한 곳으로 천연기념물 14호로 최초로 지정된 곳을 탐방했다. 몰지각한 사람들에 의해 다 뽑혀 없어져서 보전가치를 잃어 천연기념물이 해제되는 수모를 당했다는 이곳, 미선나무가 아니라 미선나무 자생지가 천연기념물인데 참으로 안타깝다. 귀하고 소중한 만큼 잘 보살피고 보전에 힘써야 올곧은 국민 일진데, 훔쳐 심은 미선을 볼 때마다 도둑이라는 양심의 가책과 자손들에 부끄러움을 느껴 지금이라도 자생지에 다시 돌려주어야 옳지 않겠는가. 지금은 이식한 상태로 복원시키려 애쓰지만 한번 훼손된 자연은 제대로 복구가 잘되지 않는지 삼 년 전보다 더 나아진 게 없는 것 같다. 미선나무의 주변에 철쭉나무를 심어

울타리를 만들어 놓았다. 조금은 미흡한 관리에 마음이 씁쓸하다. 그나마 군에서 농다리 주변에 미선나무 오천 주를 심어 옛 명성을 회복하기 위해 힘쓰고 있어 다행이다.

유난히 은은하고 청아한 향기에 몇몇 대학교에서 항염제와 항암제를 특허등록하고 연구 중이며, 항산화, 아토피 완화, 피부보호 및 노화 방지 효능에 좋다는 연구에 화장품회사에서 항산화 노화 방지, 미백 및 주름 개선 보습, 제품을 생산하고 있으며 계속 연구 중이다.

향기롭고 아름다운 미선나무는 멸종 위기종 2급이지만 우리가 식물 주권을 가진 훌륭한 자원이다. 잘 키우고 지켜서 후손에게 부끄럽지 않게 물려 주어야 한다. 소중하다고 집안의 화단에서 키우는 것보다는 공원에 미선나무 특화 숲을 조성하거나 전시회를 통해 공유하고 사랑하며 더 나아가 전시보다 축제 행사를 하면 좋으리라.

괴산군에서도 봄에는 미선나무 축제를 하고 가을에는 그동안 해왔던 것처럼 고추 축제를 열고. 진천군에서도 농다리 축제에 앞서 미선나무 축제를, 자생지와 농다리 초롱길에서 꽃이 만개했을 이른 봄에 행사를 하여, 봄의 향연을 우리나라 고유의 미선나무꽃으로 시작하면 어떠할까?

백일홍

날씨가 점차 더워지니 소나기 소식이 그리워진다. 매일 아침 걷던 운동도 더위 핑계로 겨우 이 사흘에 한 번 걷게 되고 무기력증에 밥맛도 없고 기운도 쇠약해지는 것을 느끼는 요즘이다. 모든 일이 시작은 하였으나 마무리를 못 하고 있다.

오늘은 동네 뒷동산 정상에 산책하며 쉬는 곳에 백일홍꽃을 심은 지 2주가 되는 날이다. 이날은 가장 덥다는 대서大暑였다. 나약해진 마음과 몸을 추스르고 싶어 생각 끝에 열한 포기를 정성스레 심고 물을 주었다. 더위가 기승을 부려도, 나태한 마음이 몸을 무겁게 하여도, 이제는 꽃에 물을 주기 위해 하루도 산을 가지 않으면 안 된다.

이러한 산에 꽃밭을 만들기로 한 것은 대학 은사님이시자 충북대학교 평생교육원 수필창작반에서 지도해 주시는 교수님이 삼 년 동안 온갖 정성을 들여 만들어 놓으신 신율봉공원 꽃밭에 감동하여서이다.

"꽃 이름이 뭐예요?"

"물 주시려고 오늘도 일찍 오셨네요!"

"더위에 고생하시는데 꽃이 아주 예쁘네요!"

"왜 이 산속에 꽃을 심으실 생각을 하셨어요?"

"꽃을 보니 마음이 즐거워져요."

"아저씨 멋져요. 최고예요!"

산을 즐겨 찾는 동네 주민들이 물을 주는 나에게 하는 말이다.

백일홍을 선택한 이유는 '삼복더위 땡볕에도 아랑곳하지 않고 고고하게 한여름을 잘 견디는 꽃'이기 때문이다.

꽃이 100일 동안 핀다고 해서 백일홍이다. 꽃말은 '순결' '백일초'라고도 부르는데 분홍, 빨강, 노란빛 등 꽃 색이 다양해서 더욱 좋다. 나무에 피는 백일홍이라 부르는 배롱나무의 꽃은 목백일홍이라 불러야 좋으리라.

'나 하나 꽃 피어/ 풀밭이 달라지겠느냐고/ 말하지 말아라./
네가 꽃피우고 나도 꽃피우면/ 결국 풀밭이 온통/
꽃밭이 되는 것 아니겠느냐./ 나 하나 물들어/
산이 달라지겠느냐고도/ 말하지 말아라./
내가 물들고 너도 물들면/ 결국 온 산이 활활/
타오르는 것 아니겠느냐?'/

조동화 시인의 '나 하나 꽃 피어'라는 내가 평소 좋아하는 시詩이다.

엊그제 채취한 접시꽃, 채송화, 금계국, 백도라지 꽃 등, 몇 가지의 꽃씨를 햇빛이 잘 들고 보기 좋은 곳에 정성스레 파종하였다. 엄동설한 추위를 이겨 내고 내년이면 예쁜 모습으로 싹이 트고 꽃이 피어서 주민들의 지친 심신을 안정시켜주고 건강한 육체와 건강한 정신이 함께하여 매일 와서 마음껏 즐길 수 있었으면 하는 바람에서다. 또한, 더위가 지나가고 생육이 멈추는 가을에는 등나무를 심어 내년부터는 그늘을 만들고 향기가 좋은 꽃을 피워 이곳을 찾는 모든 이에게도 아름다운 마음의 꽃도 피울 수 있게 하리라. 또한, 튼튼한 나무로 의자를 만들어 사색思索을 하며 정담情談을 마음껏 나눌 수 있도록 해야겠다. 그러고는 이곳을 찾는 주민들의 의견을 수렴하여 산 이름과 꽃밭 이름도 지어야겠다.

"나 여든한 살밖에 안 되었어! 저렇게 예쁜 꽃을 보면 지금도 마음이 설레지." 오십 대의 젊은 아낙이 비록 지팡이 하나를 의지하지만 매일 이곳을 찾아 산책하시는 어르신의 연세를 묻자 의미 있는 듯한 대답을 하시는 모습을 보며 '꽃을 잘 심었구나.' 싶다.

어릴 적 어머니와 뙤약볕 아래에서 고구마밭의 잡초를 제거할 때 흐르는 땀을 훔쳐주시며

"참을성을 길러야 훌륭한 사람이 될 수 있다."라고 말씀하셨던 생각이 난다. 어머님 세대의 삶은 너무도 많이 힘드셨다. 일제 강점기에, 한국전쟁에 고달픈 인생 여정은 지금처럼 배불리 먹고 여행을 가고 꽃밭을 가꾸는 것은 사치였으리라.

백일홍은 청아하고 소박해서 '그리움'으로 다가온다. 꽃은 사람들을 즐겁게 하고 행복을 준다. 또한, 거짓으로 대하지 않는다. 가뭄에 시달려 잎이 축 늘어져 있다가도 물을 주면 금세 깨어나 방긋 미소를 짓는다. 인생도 꽃과 같다. 꽃의 향기와 꿀은 벌과 나비를 불러들이고 열매를 맺듯이 우리 인생도 사랑과 배려로 고달픔을 몰아내고 미소를 짓게 하며 희망과 용기를 준다.

'가을은 성큼 다가온다.'라고 했다. 한바탕 소나기라도 쏟아지면 코스모스와 들국화도 심어 추색秋色에다 추향秋香을 더해, 벌과

나비를 불러 모으리라. 그리고 사색思索의 계절, 가을이 익어가면 미처 몰랐던 야생화들의 꽃씨를 모아 신율봉산 꽃밭과 무명산 꽃밭에 정성스레 파종해야겠다. 삼복더위에도 굳건하게 꽃을 피우고 고유의 향기를 잃지 않는 꽃들을 보면서, 평소 나약했던 나를 깨워 좀 더 정진하고 성실하게 살아야겠다는 다짐을 해본다.

함박꽃나무

어디선가 그윽한 향기가 바람에 실려 코끝을 자극한다. 고개를 들어보니 푸른 나뭇잎 사이로 수줍은 듯 환한 미소로 살며시 고개를 내밀며 인사를 한다. 백옥같이 만개한 꽃에 매료되어 발걸음을 멈추었다. 늘어진 가지 위에 핀 꽃을 코에 살며시 대어 보니 그윽한 향기에 가슴까지 뻥 뚫린 느낌에 황홀하다.

오륙 년 전 지리산 칠선계곡을 산행하던 길에 만난 크고 하얀 꽃은 물길 따라 다소곳이 피어있다. 보면 볼수록 우아하고 아름다운데 흔하게 보는 꽃이 아니라서 몹시 궁금하고 반가웠었다.

함박꽃나무란다. 산목련山木蓮이라 부르기도 하는데 본디 나무木

에 피는 연蓮꽃이라 하여 줄기는 곧게 자라고 열매는 붉은 씨앗이 두 개씩 달린단다. 막 피어오르는 꽃망울은 붓을 닮았다 하여 목필木筆이라 불렀고 꽃이 옥돌처럼 우아하고 아름답다고 하여 옥수玉樹라고도 불렀다는데, 만개한 꽃은 꽃잎 한 조각 한 조각이 향기의 덩어리라 하여 향린香鱗이라 했단다.

또한, 꽃의 향기가 얼마나 맑고 청아하면 난초처럼 아름다운 나무라 하여 목란木蘭이라 부르기도 하고, 꽃은 옥과 같고 향기는 난초처럼 그윽하다 하여 옥란玉蘭으로 부르기도 했단다. 북한에서는 국화國花로 지정하고 있다.

산행 중에 뜻밖에 행운의 꽃 '산목련'을 만나 두고두고 내 기억 속에 깊이 남아 있다. 깊은 산속에 숨어 피는 꽃으로는 향기뿐만 아니라 아름답기로는 지금까지 산속에서 보아온 꽃 중에 단연 으뜸이다. 야생화인데도 정원이나 공원의 화려한 꽃들처럼 크고 아름답다. 산행을 하다 보면 가끔 이름 모를 꽃들이 나를 반기고, 보이지 않는 곳에서 풍겨오는 그 꽃들의 향기는 산행의 즐거움에 배가된다.

오늘처럼 산속 깊은 계곡에서 이런 함박꽃을 만나면 마음이 좋아지다가도 한편으론 애잔해지는 것은 무엇 때문일까! 세상 밖으로 들어내지 않고 계곡물이 맑게 흐르는 깊은 계곡 저편에서 외로이 누군가를 기다리며 서 있는 듯하다. 순백색의 꽃잎 속 붉은 수술은 너무나 아름다워 표현하기조차 어려울 정도로 선명하다. 슬픈 사연을 간직한 여인의 눈동자와 같다고나 할까?

백목련이나 벚꽃처럼 잎이 피어나기 전 한 번에 꽃만 활짝 피었다가 어느 순간 낙화하여 허망하고 쓸쓸하기 그지없어 안타까운 마음을 자아내게 하지만, 산목련은 잎이 먼저 싹을 틔우고 푸르러지면 꽃은 순차적으로 몇 송이씩 피고, 먼저 핀 꽃이 지기 전에 또 다른 몇 송이가 꽃망울을 터트리는 특성을 갖고 있다.

한 나무에서 꽃망울이 생기고 만개해서 꽃잎이 떨어지는 모습을 동시에 보는 꽃이 흔하지 않으리라. 만개한 꽃은 벌과 나비들에게 아낌없이 꿀과 꽃가루를 골고루 나누어주고 한 줄기 바람에 힘없이 산들거리며 땅으로 내려앉은 하얀 꽃잎조차 개미나 미생물들에게 마지막까지 사랑을 베풀고 있다.

공해에 무수히 찌들고 도시 생활에 지친 모든 이들에게 보듬어주며 위로하고 안식처를 제공하는 함박꽃이 손짓하는 이곳에서 하룻밤이라도 머무르고 싶다. 이러한 숲속에서는 외롭지 않으리라. 낮에는 따사로운 햇볕과 아낌없이 주는 함박꽃의 향기로 몸과 마음을 치유하고, 뒤돌아볼 틈도 없이 숨 막히듯 살아온 삶의 무게를 모두 내려놓는다. 상념想念에 잠기면 조용히 어둠은 찾아오고 이름 모를 풀벌레와 새들의 소리가 속삭이듯 들려오리라. 마음을 열어 소리에 귀를 기울이고 함박꽃나무에 등을 기대고 서서 달과 벗하며 별을 노래하고 싶다.

높은 산 맑은 물이 흐르는 깊은 계곡에서 자생하는 함박꽃나무, 밭둑이나 야산 언저리에 서식하였다면 맑고 청아한 꽃이 피기도 전에 사람들의 욕심에 의해 모두 없어졌을 텐데 무척이나 다행이다 싶다. 보통은 꽃이 화려하면 향기가 부족하고, 작고 보잘것없는 꽃일수록 향기는 그윽하고 멀리 간다. 그러나 산목련의 꽃은 순백의 자태가 고결하여 화려하고 향기 또한 으뜸이니 어찌 사랑하지 않을 수 없으리오.

우리 인생도 함박꽃나무처럼 아름다운 꽃을 피우고 향기 가득한 삶을 살아갈 수는 없는 것일까?

연蓮

연밭에 오롯이 솟은 연 봉우리를 보면 수줍은 처녀의 앳된 얼굴 같고, 갓 피어난 연꽃은 온화한 미소를 머금은 정든 님을 만난 것처럼 반갑지만, 다음날 와보면 어느새 활짝 피어있다. 그리고는 이삼일 지나면 꽃잎이 지기 시작해서 씨받이만이 말없이 허공 속에 있다. 그렇지만 꽃들은 여기저기 사방에서 피고 진다. 비가 오면 연잎은 빗물을 안고 있다가 쏟아내고, 채우기를 반복한다.

연잎에 고인 빗물이 '주르륵 주르륵' 쏟아내는 소리는 듣기 너무 좋다. 많은 비가 내리는 날이면 연잎에 떨어지는 빗방울 소리는 오케스트라의 연주와 흡사하다. 그러한 날은 나도 모르게 발길은 연밭을 향하게 된다.

연은 다른 식물과 달리 여름철에 진흙 속에서 맑고 고운 꽃과

잎을 피운다. 초여름에 연밭의 물이 냄새가 나다가도 꽃이 필 무렵이면 정화 능력이 뛰어나 냄새가 없어지고 또한 연대에 빈 구멍이 여러 개 있어 비바람에도, 연잎에 빗물이 채워져도, 쓰러지지 않으며 가지를 치지 않으며 진흙탕 물속에도 절대 오염되지 않으며 향기는 멀수록 맑고, 멀리서 바라볼 수는 있으나 함부로 대할 수 없는 연꽃은 꽃 가운데 군자라 하겠다.

이웃 동네의 연밭은 온통 하얀 꽃으로, 홍연의 자태와는 전혀 다른 느낌이다. 홍연이 하나도 없는 순백의 백연들로 가득한 조그만 연밭의 아름다움이란, 내 마음에 연향을 가득 채워 주기에 충분하고, 지나가는 촌로들의 눈길과 발길을 멈추게 한다.

호수에 가득한 백조들의 화려하고 역동적인 모습이라고나 할까?

"선생님! 여름에만 마실 수 있는 벽통주碧筒酒에 대해서 들어본 적 있나요?"

문인화 수업 날 회원님 한 분이 연 꽃차를 한잔 씩 나눠 주면서 물어본다.

"글쎄요. 처음 듣는데요."

"그러면, 다음 주에 연꽃과 연잎 그리고 막걸리를 준비해 줄 수 있나요?"

"예, 우리 옆 동네에 하얀 꽃의 연밭이 있는데 준비하도록 하죠."

홍연보다 백연이 약성이 더 좋다며 연꽃차, 연밥, 연수蓮水에 대해서 설명을 한다. 알고 보니 복지관 다도茶道 선생이란다

연밭에 도착하니 미풍에 흔들리는 연꽃과 연잎은 곱디고운 자태로 반가운 인사를 하는듯하다. 막상 햇빛을 받아서 더욱 반짝이는 연꽃을 대하니 마음이 흔들린다. 아름답고 고운 꽃을 어떻게 꺾을 것인가?

"꽃이 아직 안 피었다"라고 거짓말을 해야 하나?

가슴은 어느덧 두근거린다. 십여 명의 회원들이 학수고대하며 기다릴 텐데 고민은 깊어진다. 그래도 약속은 지켜야겠기에

"미안하다 용서해다오!" 하며 간신히 떨리는 가슴을 달래며 손에 쥐었다.

약속대로 연잎 열한 장과 향을 가득 품고 있는 막 피려는 연꽃 봉우리 한 개를 바구니에 조심스레 담아 서실로 향했다.

회원 모두 부푼 기대 한가득 안고 벽통주를 마시기 위해 각자 연잎 한가운데를 뚫어 막걸리가 속이 비어 있는 연잎 대와 통할 수 있게 가지런히 한 다음, 막걸리를 부어 벽통주를 시음하기 시작했다. 막걸리와 연대 속의 연수蓮水가 어우러져 미묘하고 시원한 맛이 한동안 입안 가득 향기롭다.

막 피어나려는 연꽃 한 송이를 끓인 물에 차를 만들어 여럿이 나눠 마시니 고유의 향이 오랫동안 남아 있고 마음속까지 정화가 된다.

연차만 있는 줄 알았는데 연수가 있다는 것을 처음 알았다. 깨끗한 약수를 살짝 끓인 물에 연꽃을 담가놓아 십여 분 지나서 마셔보니 입안 가득 향이 피어오른다.

'정좌처 다반향초(靜坐處 茶半香初)
묘용시 수류화개(妙用時 水流花開)'

고요히 앉아 차를 반이나 마셨는데도 향은 처음과 같고, 고요히 흐르는 시간에도 물은 흐르고 꽃은 핀다.'라는 다시茶詩가 생각난다.

옛날 선비들은 여름이면 더위를 피해 연밭에 모여 시를 짓고 시조를 읊으며 흥에 겨워 '벽통주'를 마셨다고 한다. 오늘 옛 선비들처럼 풍류의 멋을 알게 되고 시음까지 해보니 배움의 즐거움에는 끝이 없는 듯하다.

지금도 막걸리와 연수가 어우러진 향은 내 마음 가슴속에 생명의 꽃이 피어나는 듯한 행복을 가져다준다.

산수유나무

입춘이 되니 어디론가 훌쩍 떠나고 싶은 마음이 든다. 막상 집을 나서니 갈 곳이 마땅치 않다. 아직은 차갑지만, 봄바람이 불어오는 대로 하염없이 시골길을 걸어본다. 나이 탓일까 봄기운에 홀가분한 마음보다는 조금은 쓸쓸함이 밀려온다.

외딴집 마당 앞을 지나다 보니 꽃망울이 부풀어 오른 듯 탱글탱글한 나무가 눈에 들어온다. 자세히 보니 산수유나무다. 제일 먼저 봄을 알리는 꽃나무 중의 하나다. 꽃의 향 내음이 금방이라도 터져 나올 듯하다. 겨우내 갇혀 있던 고독과 쓸쓸함을 훨훨 날려 보내고 노란 산수유꽃이 활짝 피어있는 모습을 상상해 본다. 금세 얼었던 마음이 녹아내리는 것 같다.

산수유꽃은 이른 봄에 피어서일까! 다른 나무 눈꽃보다 유난히 크고 동글동글하다. 산수유는 가을에 빨간색으로 열매가 열리고 길쭉한데 표면이 보석처럼 반짝인다. 열매속에는 씨가 들어 있는데 맛이 아주 쓰다.

한방에서는 말린 열매나 씨를 약재로 쓴다. 옛날에는 산수유나무 서너 그루만 있으면 자식들 대학 보낸다고 해서 '대학나무'라고도 불렀다 한다.

추운 겨울에도 시들거나 얼지 않는 강인한 생명력을 가졌다. 예로부터 신선이 먹는 열매로 '모로니사이드' 성분이 있어 당뇨 예방은 물론 심혈관 질환을 예방하고 이뇨 작용을 하여 콩팥과 간을 강화하는 효능이 있다고 한다.

산수유꽃의 꽃말은 '영원불변의 사랑'이라 한다. 산수유꽃이 얼마나 큰 의미가 있기에 영원에 불변이란 말이 붙여졌는지 몹시 궁금하다.

매화보다는 꽃이 늦게 피기는 하나 생강나무와 같이 노란 꽃을 피운다. 산수유와 생강나무는 개화 시기도 같아서 멀리서 보면 서로 분간하기 어렵다.

꽃이 지고 나면 다시 일 년을 정성스레 꽃과 향기를 만들기 시작한다. 꽃을 피우기 위해서 꼬박 일 년을 추위와 가뭄과 홍수, 태풍과 강한 햇볕을 견디며 한땀 한땀이 쌓여 꽃과 향기를 만들어 내는 것이다. 인생도 다를 것이 없으리라. 하루아침에 이루어지는 것은 없다.

그러한 산수유나무는 내가 대학 다니면서부터 나와 인연을 맺는다.

충북대학교 평생교육원 수필창작반에서 수필을 지도하시는 교수님의 사랑으로 많은 은혜를 입었다.

'스승님의 은혜는 하늘과 같다'라고 하였다.

공사 현장에서 주말이면 아르바이트를 한다는 것을 교수님께서 아시고는 동창들을 찾아가 장학금을 마련해 주시고, 묘목 실습장에서 아르바이트를 할 수 있게 해주시고, 직접 양봉하신 꿀을 채취하여 식빵과 함께 배고픔을 달랠 수 있게 해주신 은혜를 결코 잊을 수가 없다. 하늘 같은 은사님의 사랑이야말로 산수유의 꽃말처럼 '영원불변의 사랑'이리라.

돌이켜보면 41년 전 졸업할 무렵이다. 은사님의 은혜를 오래도록 기억하고자 산수유와 목단을 기념으로 고향 집 마당에 심었었다.

노란 산수유꽃과 열매 그리고 모란꽃을 바라보고 있을 때면, 지난날이 아련히 그려져 온다.

부모님에 대한 고마움, 그동안 잊고 지냈던 학창 시절의 교수님 생각이 떠올랐다. 고마움에 대한 은혜에 보답하려 하였으나 살다 보니 마음뿐이었다. 마침 은사님이 수년 전부터 청주 신율봉산 공원을 가꾸시는 것을 알게 되었다. 나는 신율봉산 공원에 산수유나무 다섯 그루를 심어드렸다.

사랑을 베풀어 주시던 그때를 회상하며 조금이나마 훌륭하신 은사님의 은혜에 보답하고자 하는 마음이었다. 삶을 살아가면서 은혜를 잊지 않고 보답하기가 쉽지 않았다.

특히 스승님의 은혜는 인생 여정의 크나큰 복이었다. 지금의 나를 있게 해주신 교수님! 진심으로 머리 숙여 감사드린다.

이제 입춘이다. 한 달 후면 노란 꽃이 활짝 피어 맑고 청아한 향기로 교수님을 반갑게 맞이하리라. 산수유나무는 해마다 이른 봄 꽃망울을 일찍 터트려 공원을 찾는 모든 이들에게도 아름다운 꽃과 향기를 선사하리라.

바쁘다는 이유로 인생의 소중한 의미를 잊고 살았다. 인생의 가치에 대해 조용히 생각해본다. 나도 은사님의 사랑처럼 남에게 이로움을 주고, 배려하고, 사랑하고, 향기를 주어 부끄럽지 않은 인생을 살아야겠다.

어머니의 섬

사 년 전 어머님의 마지막 생신이 되었던 간월도에서의 일이다. 어머님의 생신이 음력 팔월 사 일이어서 추석을 보름 정도를 앞두고 일요일에 오 남매의 온 가족이 모여 어머님을 모시고 어머님의 고향인 간월도를 찾았다.

생신날만이라도 고향에서 점심을 드시고 섬을 한 바퀴 둘러보시며 편하게 쉬도록 하는 것이 효도일 것 같아 시작한 것이 십 오륙 년 되었다

파도가 밀려와 부서지며 내는 소리와 하얀 포말, 그리고 햇살이 보석처럼 쏟아져 내리는 바다를 조용히 바라보시는 어머님은 어릴 적 추억을 회상하시곤 하신다.

썰물에 물이 빠지면 친구들과 간월암에 건너가 소꿉놀이를 하셨던 기억과 지금은 보호수로 지정된 사철나무 뒤에 숨어 술래잡기 놀이를 했었다며 미소를 지으셨다.

파킨슨병에 손은 물론 발까지 불편하신 몸을 간신히 추스르며 식당에 들어서니 외증손자들과 거리를 두고 앉고 싶단다. 손이 떨려 수저에 밥이나 반찬을 올려드려야 겨우 드실 수 있으니 어린 손주들에게 불편하신 모습을 보이고 싶지 않으셨으리라.

어머니와 나는 숟가락을 통해 정을 나누고 있다. 그동안 얼마나 고생이 많으셨습니까. 모진 풍파를 모두 이겨 내시고 오 남매를 잘 키워주셔서 감사합니다. 이런 생각을 하며 수저 위에다 반찬을 올려드리면 어머님은 말없이 고개를 끄덕이신다.

어머니는 외로울 때마다 달을 바라보시며 천수만에 달이 뜨면 더욱 아름다운 고향 간월도를 그리워하셨으리라. 옥색 바닷물이 햇빛에 반사되어 윤슬이 아름다운 바다를 그저 한없이 바라보시고 계신다.

돌 위에 핀 꽃 석화라고 부르는 굴을 따서 어리굴젓을 담으시고, 추운 겨울 굴국을 끓여 추위와 배고픔을 달랬을 추억이 아련히 떠오르시는 것일까!

어느새 눈가에 이슬이 촉촉이 맺혀오고 상기된 얼굴에는 지난날 고단했던 삶을 되돌아보시는 듯 회한이 서려 있다.

어머님은 친정에 무척이나 가고 싶으셨으리라. 첫아기인 형을 등에 업고 쪽배로 삼십 리 뱃길을 가야 하는 먼 길을 썰물 때 간조에 맞춰 걸어서 가시다가 바닷물이 밀려와 위험에 처하였으나 마침 지나가는 어선에 구조되어 구사일생으로 목숨을 구하셨던 일을 가끔 들려 주셨었다.

바닷길은 성인 걸음으로 빠르게 통과해야 가능한 일인데 갓난아기를 업고 섬으로 가는 길은 위험한 일이었다. 허리까지 밀려오는 거세고 맹렬한 바닷물에 얼마나 당황하셨을까?

야속한 바닷물은 갓난아기의 발목까지 차오르는 당황 속에 '살려 달라'는 소리조차 나오질 않고 놀란 가슴은 밤새도록 잠이 오질 않으셨단다.

간월도에는 썰물 때 물이 빠지면 걸어서 갈 수 있으나 밀물이 들어와 만조가 되면 섬이 되어 배 위에 떠 있는 암자처럼 보이는 간월암이 있다.

한 송이 연꽃이 아름답게 물 위에 피어있는 듯해서 연화대라고도 했단다. 줄배로 관광객들이 오고 가는 모습에 제법 운치가 있어 좋다. 겨우 십여 명 탈 수 있는데 줄을 이용해 간월암에 들어가고 나오고를 반복한다.

섬은 일출과 일몰 때 가장 자연自然스럽고 아름답다. 간월암에서의 낙조落照를 조용히 바라보면 아름다운 수묵화 속으로 내 영혼이 빠져드는 느낌이다.

간월도의 명물은 어리굴젓이다. 어머님은 우리 남매가 방학하거나 휴가를 오면 으레 어리굴젓과 간장 게장을 손수 담가 밥상에 올려 주셨었다. 결혼 후에도 명절 때나 부모님 생신 때에도 변함이 없으셨다. 간월도의 굴은 다른 지역의 굴과 달리 물 날개에 미세한 털이 많이 있어 양념이 잘 배어들어 굴젓을 담그기엔 최상이었다. 임금님 수라상에 올랐을 만큼 맛이 으뜸이다.

간척사업으로 간월도에 석화가 많이 사라지자 이장과 어촌계에서 바위로 어장을 새롭게 만들어 어리굴젓의 명맥을 이어오고 있다.

지금도 굴의 풍년을 기원하는 '굴 부르기 군왕제'가 매년 정월 보름날 만조 시에 어리굴젓 기념탑 앞에서 백여 년째 이어져 열리고 있다.

어머님께서 유명幽明을 달리하신 후에는 제삿날은 물론 명절 때나 가족들의 생일이 돌아오면 어머님 생각에 어리굴젓을 떠올리게 된다. 풍족하지 않은 살림에도 귀하고 값비싼 간월도 굴로 젓을 담그시어 수라상처럼 차려 주셨던 어머님, 과연 나는 어머님의 자식 사랑에 얼마만큼 보답해 드렸을까. 좀 더 잘해 드리지 못한 것에 나 자신이 한없이 부끄럽고 때늦은 후회에 가슴이 아려온다.

간월도! 영원한 어머니의 고향.

파도에 옛 추억을 싣고 조용히 다가와 어머님의 향수鄕愁에 지친 몸과 마음을 치유해 주고 있다.

봄비

이른 새벽 반가운 빗소리가 잠을 깨운다. 발코니 창문 너머 가로등 불빛에 촉촉이 비가 내린다. 며칠 전 대기가 건조한 상태에서 세찬 바람으로 전국 곳곳에 산불이 발생하여 봄비가 간절하던 차에 단비, 아니 금비金雨가 내리고 있다.

점심 무렵부터는 제법 빗줄기가 굵어지기 시작하더니 쉬지 않고 내리고 있다. 봄비는 양달이나 응달을 차별하지 않고 고루 희망의 봄소식을 전하고 있다. 장맛비처럼 내린 비로 단숨에 금수강산은 가뭄에서 해갈되고 있다. 봄을 알리는 봄비는 모든 영혼을 깨우는 생명수이다.

매스컴에서는 수도권과 강원지방에 비 대신 폭설이 내려 고속도로가 마비되어 많은 사람이 추위와 배고픔에 고생했다고 대서특필이다.

이번 눈과 비는 산간지방은 물론 전국의 농작물에 큰 도움이 되었다. 특히 우물물로 식수하는 산골 마을의 사람들은 너무나 반가운 소식이다. 산불을 예방해 주고 메말라 가는 대지를 촉촉이 적셔 온갖 만물들을 소생시켜준 더없이 값진 생명의 봄비이다.

봄에 내리는 비는 온 대지를 포근하게 겨울의 긴 잠에서 깨워준다. 대기 중의 황사나 미세먼지들도 말끔히 씻어줄 뿐만 아니라 내 마음의 나태함도 말끔히 씻어준다.

소리 없이 봄비가 촉촉이 내리는 날이면 어릴 적 어머님이 봄나물을 시장에 내다 팔아 학비를 마련해 주시고, 맛있게 나물무침과 나물 된장국을 만들어주시던 봄나물을 잊을 수가 없다.

언제부터인가 봄이 되면 오일장을 자주 찾게 되었다. 시골 할머니들이 냉이와 달래 그리고 쑥, 미나리, 시금치 등을 좌판에 펼쳐놓고 파는 것을 골고루 한 보따리 사서 된장국을 끓여 먹기도 하고 반찬을 만들어 먹는다.

풋풋한 봄나물의 향기는 고향의 향수에 젖어 들게 한다. 물건을 사지 않아도 눈요기하는 재미가 쏠쏠하다.

구수한 사투리의 사고파는 소리를 배경 삼아 장터를 두어 바퀴 돌고 나면 사람 사는 향기를 느끼게 되고 옛 생각에 마음의 위안도 받는다.

비가 추적추적 쉬지 않고 내리고 있다. 봄비에 취하고 싶어 우산 대신 비옷을 입고 밭둑이며 논둑이며 오솔길을 걸어본다. 비에 젖은 흙내음도 좋고, 봄을 알리는 조금은 훈훈한 바람도 좋고, 빗소리는 더욱 정겹게 들린다. 마음이 정화된 듯 자유롭다. 이제 비가 그치면 겨울의 기억은 지워지고 비밀스러운 화원은 조금씩 조금씩 깨어나 벌과 나비를 불러 모으리라.

야트막한 언덕에 심겨 있는 조경수들의 마른 가지를 바라보니 아직 깊은 잠에 빠진 듯하다. 토닥토닥 봄비 소리에 깨어나 생명수를 마시고 따사로운 햇볕이 어루만져주면 꽃과 잎은 피어나 봄의 향연에 초대받을 것이리라.

외딴집 앞마당 양지쪽에 매화나무가 하얗게 꽃망울을 터트리고, 산수유는 해맑은 모습으로 노랗게 꽃을 피웠다. 보통 꽃을 먼저 피우는 꽃나무와 달리 모란은 붉은 잎눈이 힘차게 가지를 만들고 있다.

오뉴월은 되어야 꽃을 피워 아름다운 자태를 뽐낼 것이다. 꽃나무들은 몇십 년 만에 유난히도 추웠던 지난겨울을 용케도 잘 견뎌내고 강인한 생명력으로 아름다운 꽃들을 피워 내고 있다. 하지만 읍내로 들어가는 산모퉁이의 대나무들은 안타깝게도 모진 한파를 견디지 못하고 힘없이 노랗게 죽어있다. 근래에 보기 드문 일이다. 이번에 내린 비로 아직 살아 있을 뿌리에서 힘차게 새순이 싹트길 소망해 본다.

비가 그치면 화분에 꽃씨를 뿌리고 작은 남새밭에 거름을 뿌리고 봄 채소의 종자를 파종해야겠다. 향기를 머금은 채소들이 쑥쑥 자라는 모습을 상상해 보니 벌써부터 마음은 설레고 기다려진다.

학자의 나무

괴산 청안에는 노거수老巨樹 세 그루가 있다. 보호수로 지정된 300년의 회화나무, 960년 된 느티나무, 그리고 천년으로 추정되는 천연기념물 165호 은행나무다

나무의 키가 20여m는 족히 될 듯한 회화나무는 '소원을 비는 회화나무'라고 한다. 얼마나 많은 학부모가 이곳에서 소원을 빌었을까?

얼마나 많은 부모가 자녀들의 취직과 건강을 위해 빌었을까? 많은 청춘 남녀들도 사랑의 맹세를 하며 소원을 빌었으리라. 나도 간절함이 묻어나는 이곳에서 가족들의 건강과 안녕을 두 손 모아 빌어본다.

장원 급제를 하면 사모관대에 어사화를 꽂는데 그 꽃이 회화나무꽃이다. '집안에 회화나무를 심으면 자손들이 출세하여 큰 학자가 된다.'라고 하여 학자學者나무라고 한다.

대학자 퇴계 선생의 모습이 그려진 구권 천 원짜리 지폐 뒷면을 보면 도산서원과 회화나무가 그려져 있다.

회화나무는 최고의 길상목과 신목으로 여겨 학자나 권세 있는 집안이나 서원, 사찰, 대궐에서만 심을 수 있었다. 특별히 공이 많은 학자나 관리한테 임금이 상을 내리기도 했다. 5백 년 이상 된 회화나무로 천연기념물로 지정된 곳이 전국에 10여 곳에 이른다. 또한 교목校木으로 하는 학교도 전국에 여러 학교가 있다.

회화나무는 3월 말인데도 다른 나무들은 잎이 돋아 푸르른데 마치 죽은 나무처럼 검은색의 나목裸木으로 외로이 서 있다. 크고 웅장한데 애처롭게도 수명이 다했나 보다 하고 생각하니 안타깝기 그지없었다.

노거수 회화나무는 새순이 늦게 피는 대추나무나 배롱나무, 아까시나무보다도 더 늦게 4월이 되어서야 새순 잎이 돋는다는 것을 문헌을 보고 알게 되었다

칠월 중순 꽃을 보기 위해 청안을 찾았다. 꽃은 봄이 아닌 한여

름에 마치 아까시나무꽃처럼 화사하고 청량감清凉感 있게 꽃을 피우기 때문이다.

삼복더위에도 아랑곳하지 않고 거대한 나무에 꽃을 피워 낸 노거수가 참으로 대견하다. 거목에 피어난 꽃은 참으로 경이롭다. 나비 모양의 연노랑 색채의 꽃이 주렁주렁 매달려 있다. 바람에 흔들리는 모습은 화사하면서 소박하다. 그윽한 꽃향기와 고귀한 자태, 300년 된 나무에서 어쩌면 저렇게 우아하면서도 탐스럽게 꽃을 피워 낼 수 있을까?

회화나무의 꽃말은 '망향'이라고 한다. 할머니의 옛이야기처럼 따뜻한 이야기를 담은 '잃어버린 고향' 같은 나무로 꽃말이 아련하다.

또한 회화나무는 은행나무, 느티나무, 팽나무, 왕버들과 함께 우리나라 5대 고목 중의 하나이다. 회화나무꽃의 길이는 족히 30cm나 되는데, 꽃이 귀한 여름, 벌들에게는 너무나 고마운 꿀밭이 되는 셈이다.

청안의 회화나무 주변에는 향교와 사마소司馬所가 있다. 생원과 진사 즉 사마방에 급제한 자가 50인 이상 나온 읍에 설치되는데 청안을 비롯 옥주(옥천) 경주 등 몇 곳에 불과하다. 이토록 많은 사람이 급제한 것은 학자 수의 영향을 받은 것이 틀림없으리라. 청안 고을 주민들은 자부심이 대단했으리라.

청안고을의 뒷산 끝자락에 있는 사마소와 향교를 찾았다. 사마소 앞 계단에 목단꽃은 검은 열매만이 쏟아질 듯이 매달려 있다.

사마소 마당 아래에 청당서원이 자리하고 있다. 회화나무와 향교, 서원 등이 있는 것을 보니 어느 곳보다 향학열이 높았을 것 같다. 사마소 옆 향교를 오르는 길 동쪽 언덕에 심은 지 수십 년쯤 되는 회화나무가 여러 주 서 있다. 꽃이 제법 달려 있어 향기를 마음에 한가득 담고 있는데 여러 마리의 매미가 반가움의 인사인지 동시에 목소리를 높이고 있는데,

'군자가 지녀야 할 오덕五德을 잊지 말고 살아가라.'라고 하는 것 같다.

선조들은 훌륭한 학자가 되기 위한 마음으로 회화나무를 심었을 것이다. 아니면 장원 급제를 하고 기념으로 심었는지도 모른다. 배움의 열정은 우리 인생에 삶의 질을 높여 준다.

조상들의 지혜와 선비 정신을 배우고 물질 만능주의의 산업 사

회에서 온고지신溫故知新, 법고창신法古創新의 정신을 계승하면서 살아감이 어떠할까?

'학자나무'를 보면서 조용히 생각에 잠겨 본다.

호박 예찬

아침 산책을 하다 보니 밭둑과 비탈진 공터에 노란 꽃이 보기 좋게 피어있다. 어릴 적 어머니께서 애호박을 송송 썰어 넣고 맛나게 끓여 주신 된장국이 생각이 난다. 그리운 내 어머니는 백설白雪이 온 대지를 한 폭의 수묵화水墨畵를 그려놓고 초가집 처마에 고드름이 매달리는 엄동설한의 추위가 찾아오면 늙은 호박으로 호박범벅에 호박죽을 해주시고, 처마 밑 햇빛이 잘 드는 곳에 말려놓은 호박 꼬지로는 떡과 전을 만들어주셨다. 배고프던 시절의 이러한 달콤했던 호박으로 만든 음식은 눈물겹도록 맛이 있었다.

호박은 다른 채소에 비해 심어놓기만 하면 병충해에 상당히 강해서 농약을 하지 않아도, 가뭄이 계속되어 호박잎이 축 늘어져도, 지루한 장마에도 끄덕하지 않고 꽃을 피우고 열매를 만들어 낸다.

무농약에 무화학비료로 재배되는 신선한 먹거리다. 흉년이라도 들어 춘궁기가 있던 어린 시절에는 잎이며 새순은 물론 호박씨, 애호박, 늙은호박 할 것 없이 초여름부터 긴 겨울을 날 때까지 서민들의 삶을 지탱해주고 애환과 함께한 우리의 삶에 없어서는 안 되었던 고맙고도 위대한 반찬이요 영양 식품이었다.

"호박꽃 중에 어느 게 암꽃이고 어느 게 수꽃인지 아시나요?" 서예를 하시는 회원 한 분이 애호박을 드시라고 건네자 고맙다며 받아 들고는 질문을 하신다.

"그걸 모르는 사람도 있나요?"라고 하시는데 솔직히 나는 모르고 있었다.

저녁 무렵 밭둑에 피어있는 호박꽃을 살펴보니 다섯 개의 노란 꽃잎 속에 꽃술이 하나면 수꽃 여러 개가 모여 항아리 모양을 하면 암꽃이다.

또한, 꽃 밑에 밤만 한 크기의 호박이 달려있으면 암꽃, 수꽃은 아무것도 달려 있지 않아 구별하기가 쉬웠으나 무관심해서 일게다. 암꽃보다 수꽃이 훨씬 많은 것도 알았다. 나이 칠십이 다 되어서야 알게 되었으니 호박에게는 미안한 마음이 든다. 배움에는 끝이 없다.

박은 뿌리가 약해 열매를 많이 맺지 못한다. 박을 재배하는 농장에서는 성장력이 강한 호박에 박을 접을 하여 재배하기도 한다. 부족함을 채워 주고 자신을 희생하는 호박이야말로 우리가 살아가는데 서로 소통하고 배려하고 협력하며 상생相生 하는 법을 가르쳐 주는듯하다.

지난해부터 상가 옆 오동나무 아래 양지쪽에 이른 봄 구덩이를 만들어 낙엽이 잘 썩은 퇴비를 넣고 흙을 덮어 놓았다가 못자리할 때쯤 씨앗을 심어 호박을 재배하고 있다.

옛날에는 구덩이를 크고 넓게 만들어 퇴비를 많이 넣고 흙을 덮은 후 호박씨를 심었었다. 비가 몹시도 많이 내리던 날이었다. 자세히 살펴보니 거름이 부족하였는지 호박 줄기마다 뿌리를 내려 줄기를 키워가고 있었다. 열악한 환경을 탓하지 않고 최선을 다해 줄기를 뻗고 열매를 맺어가는 억척스러운 모습을 보면서 주어진 환경에서 역경을 이겨 내는 지혜와 겸손을 배웠다. 청춘이었을 때 부지런해야 인생의 가을이 풍성해질 수 있다는 것을.

오래전에 월간 문학지에 서울 모 대학 대학병원장의 어머니가

신장이 좋지 않아 최선을 다해 치료하였으나 얼굴의 부기는 아무리 좋은 약을 써도 가시질 않았단다. 그러던 차에 시골에 내려가서 부기에 좋다는 늙은 호박을 먹고는 완치되었다고 호박의 민간요법을 무시해 서는 안된다는 취지의 병원장의 기고문을 읽고 감명을 받은 적이 있다.

요즈음은 비만으로 고생하는 분들이 호박을 먹고 다이어트를 한다. 임산부의 산후조리나 노화 방지, 변비 치료, 동맥경화 예방, 피부 미용, 간 기능 강화에 비타민이 많이 함유되어 있어 면역력 강화는 물론 몸을 따뜻하게 하는 성분도 있다.

호박은 우리에게 없어서는 안 되는 좋은 반찬飯饌이요, 영양 덩어리인 보약이다. 또한, 소박하면서도 친근감이 있는 아름다움이 있다. 우리는 흔하고 값이 싸다고 미처 고마움을 모르고 살아가고 있다. 이제는 우리에게 많은 도움을 주는 호박의 참 의미를 알고 사랑하는 법을 배워야 하지 않을까!

부모님이 주셨던 아낌없는 참사랑과 평소 묵묵히 내조하는 아내의 고마움을 모르고 살아가고 있지는 않은지, 노란 호박꽃과 가을을 향해 탐스럽게 익어가는 호박을 보면서 잠시 생각에 잠겨 본다.

아내의 채마밭

이른 봄 중장비로 칡과 잡풀들을 걷어내고 새로운 밭을 마련하였다. 칠십여 평은 족히 될듯싶다. 아내나 나는 마음부터 흐뭇하다. 무엇을 심을까 온갖 채소들이 머릿속을 혼란스럽게 하지만 설레는 마음을 숨길 수가 없다.

상추며 오이, 가지, 호박, 고추, 그리고 고구마까지 모두 심을 수 있는 넓은 밭이다. 비록 우리 소유의 땅은 아니지만, 채소를 직접 가꿔 먹을 수 있다는 사실에 일 년 농사 계획을 아내와 같이 세워본다.

농사를 지으면서 우선 비료나 농약은 최소화하되 제초제는 밭에는 물론 둑에도 절대 쓰지 않는다는 원칙을 세웠다. 비료 대신 퇴비를 쓰고 농약 대신 예방 차원에서 계피 껍질을 물에 넣고 끓여 식초와 쌀 뜨물을 섞어 분무해주어 살충제를 대신하기로 하였다.

그러나 균菌의 피해는 치명적이어서 살균제를 전혀 사용하지 않을 수 없다. 상가 뒤편에 마련한 조그만 채마밭에서 칠 년 동안 경험에서 터득한 것이다.

이른 봄부터 퇴비를 넣고 이랑을 만들고 비닐을 씌워 드디어 모종을 심기 시작했다. 요즘같이 가뭄이 심한 적도 드물 것 같다.

지하수가 없으니 집에서 배관하여 수돗물을 언제든 쓸 수 있게 해놓았다. 가뭄을 덜 타는 강낭콩과 옥수수는 삼십 센티 정도로 잘 크고 있는데 호박, 가지, 토마토, 수박, 참외는 좀처럼 크질 않는다. 아내는 매일 저녁때가 되면 물도 주고 풀도 제거하며 밭에 온 정성을 들이고 있다.

아침에 밭에 나가면 채소들이

"안녕하세요? 반갑습니다! 목이 말라요! 배도 고파요! 해충이 못살게 해요!"라며

소리 없는 대화를 하루도 거르는 법이 없다.

밭에만 가면 마냥 즐겁다고 한다. 새장에 갇힌 새처럼 매일 가게에만 얽매이다 보니 오죽 답답했으랴!

저녁을 일찍 먹고 매일 아내의 가게를 도와주고 있다. 가게 문을 닫고 집에 들어오니 오늘은 조용하다. 방에 들어가 보니 아내는 팔을 부둥켜안고 고통스러워하고 있다. 파스 냄새가 난다. 불길한 예감이다. 늦게까지 채소밭에 물을 주다가 넘어져 팔을 다쳤다 한다. 자세히 보니 부어있다. 이 정도면 골절임에 틀림이 없다. 빨리 병원 가서 치료받자고 서두르니 하룻밤 자면 괜찮아질 거라며 고집을 부린다. 그래도 병원 가서 치료받아야 한다고 화를 내며 재촉을 해도 야간은 치료비를 더 받고 골절이면 정형외과 치료를 받아야 하는데 응급실은 응급처치만 할 뿐이라며 끝내 내일 아침에 가겠다 한다. 하는 수 없이 물파스를 뿌리고 냉찜질을 해주는 것 이외는 달리 도리가 없다.

병원에 맨 먼저 도착하여 검사해보니 골절에 5주간 깁스를 해야 한다는 진단이다. 그나마 다른 곳은 다치지 않아 다행이다. 팔을 깁스하고 걸이를 한 모습을 보니 측은하여 뭐라 위로의 말을 해야 할지 안타까울 뿐이다.

아내를 대신하여 청소도 하고 빨래도 하고 아침 일찍 일어나 가게 문을 열어주기 시작했다. 퇴근 후에는 채소밭에 들려 물을 주다 보니 평소 아내의 고생스러움이 얼마나 많았는지 많은 생각을 하게 된다. 밥과 빨래를 하며 집안일을 하는 것이 당연한 것으로 알았다. 내가 막상 그 일을 해보니 쉽지 않다. 채소밭 일은 아내가 좋아서 하는 취미생활 같은 거였다. 재미 삼아 큰 화분 세 개에 고추 모종을 심어 시작했었다.

깁스하니 저녁만 되면 너무 가렵고 답답하다고 하소연이다. 나는 뭐라 할 말이 없어

"그동안 쉬지도 못하고 너무 많은 일을 해서 쉬라고 그러나 보다"라고 위로의 말을 해본다.

그동안 아내가 했던 일을 하다 보니 아내 보기에 영 못마땅한지 때로는 짜증도 부린다. 부은 팔을 무심코 쳐다보니 참으로 안타깝고 미안한 마음뿐이다.

부부의 연을 맺고 행복하게 살겠다며 결혼한 지 어느덧 삼십구년이 되었다. 퉁퉁 부어 불그스레 변한 손등을 어루만져 보니 그 곱고 예쁘디예쁜 손은 거칠어져 있고, 마디마디에 주름이 굵게 잡혀있다. 얼굴도 자세히 보니 잔주름이 늘었고 머리카락은 하얗게 세어 백발이다.

가게를 연 지 어느덧 22년이 되었다. 가게에서의 생활은 너무 지루하고 답답한데 채마밭에 들려 하루가 다르게 커가는 채소들을 보면 보람도 있고, 스트레스가 모두 해소되는 것 같다고 늘 좋아했었다. 녹녹지 않은 삶의 무게 때문일까! 약간은 굽은 어깨가

안쓰럽다. 그동안 잘해주지 못한 미안함에 말없이 두 손으로 어깨를 안마해주며

"미안하고 사랑한다."라는 말을 마음속으로만 하고 있다.

칠십을 바라보는 나이에 무엇을 더 바라겠는가! 아프지 않고 건강하게 살아감이 최고가 아니겠는가! 아내를 위해 가끔은 쉼표와 느낌표를 찍으면서 살아가리라.

2부

묵향

모든 시름 다 내려놓고, 평온한 마음이 찾아오면 하얀 화선지 위엔 퇴계와 율곡의 시가 자리하고, 마음속에 시상(詩想)을 심어놓는다. 시를 외우며 쓰는 것은 마음을 수양하고, 작가의 사상이나 철학을 내 마음의 양식으로 승화시키는 예술이다.

-〈묵향〉 중에서

묵향墨香

"먹의 향이 오늘따라 너무 좋네요!"

아내가 국화차를 건네면서 말한다.

서예를 하는 나 때문에 조금은 불편하고 때로는 먹물이 어지럽혀져서 청소하기가 힘이 들 텐데도 큰 불평 없이 이해해주는 아내가 늘 고맙다.

약수로 먹을 갈고 있노라면 은은하게 퍼지는 묵향에 취하게 된다. 서예는 먹을 갈면서부터 시작이다. 저녁이면 으레 먹을 갈아 화선지에 시 한 수를 써 본다.

먹물은 그 사람의 마음과 정성이 녹아야 비로소 향을 발하고 좋은 글을 쓸 수 있다. 새벽, 네 시경이면 일어나, 저녁에 갈아놓은 먹물을 챙겨 복지관 서예 교실로 향한다.

새벽공기는 정신을 맑고 상쾌하게 한다. 붓을 잡으면 근심은 어느새 사라지고 가다듬은 붓끝은 하얀 화선지 위에 누에가 비단실을 뽑아내듯이 향을 발하며 시詩를 아름답게 수를 놓는다.

이렇게 탄생한 시 한 수는 작품 걸이에 걸어 놓고 감상을 하게 되는데, 꼭 한두 자가 마음에 들지 않는다. 만족할 때까지 연습하고 다시 써 보면 또 다른 글씨가 마음에 와닿질 않는다. 그렇게 수십 번을 쓰다 보면 어느 것이 체 본인지 알 수가 없을 정도가 된다.

어느새 창밖은 날이 새어 여명은 밝아오고 쓰던 붓은 물에 잘 빨아서 소중하게 가방에 담아 집으로 향한다.

삼십여 년 전 일이다. 큰애가 학교에서 붓글씨로 가훈을 써오라는 숙제에 붓글씨를 써 보는데 이게 웬일인가! 붓은 내 생각대로 글자를 제대로 만들지 못하고 먹물은 번져 엉망이다.

서예 책을 여러 번을 익혀 써 보아도 여전하다. 닷새 정도 써 보니 조금은 글자 모양이 좋아진다. 수십 장 가운데 제일 잘 쓴 글씨로 제출했는데 칭찬을 못 들었다고 섭섭해했던 기억이 엊그제 일만 같다.

그때부터 시간 나는 대로 생각나는 대로 책을 보며 이론을 익히고 연습을 게을리하지 않았다. 처음 붓을 잡으면 어느 것 하나 잘되질 않았다. 필력을 기르기 위해 바둑판 모양의 가로획과 세로획 그리고 ㄱ, ㄴ, ㄷ, ㄹ, 길 영永자를 보름 동안 아니 그 이상을 쓴 후에, 인내심을 기르고 붓을 마음먹은 대로 할 수 있도록 필력을 키웠다. 이렇게 시작하여 붓을 잡은 지 그럭저럭 30여 년이란 세월이 흘렀다.

어느 날 서예를 배우겠다고 찾아온 중년 남성 한 분이

"몇 년 쓰면 잘 쓸 수 있습니까?"하고 질문을 한다.

서예는 시간 개념으로 이야기를 할 수가 없다. 하지만 저마다의 노력과 선천적인 예능의 차이가 있기에 하루아침에 왕희지나 추사처럼 잘 쓸 수는 없지만 대략 십여 년을 쓰면 웬만큼은 쓸 수 있다고 본다. 나의 경우는 붓글씨를 쓰면서 수차 붓을 접으려고 마음을 먹다가도

'지금껏 배운 것이 헛되지는 않을까?'

'내가 잘할 수 있는 것이 서예 말고 또 무엇이 있는가!'

그동안 인내심과 끈기가 모자라 이루지 못했던 과거를 회상하며 또다시 붓을 들고 열심히 하다가도 잘 써지지 않으면 또 낙담하고

'생계에 보탬이 되는 것도 아닌데'라며 부질없는 생각에 간혹

마음이 흔들릴 때도 있었다.

배움에는 끝이 없다. 한평생 마음의 양식을 쌓겠다는 일념으로 취미 삼아 먹의 향기를 느끼며 배워야 한다. '서예는 마음으로 쓰는 예술'이기 때문이다.

'마저성침磨杵成針'이 생각난다.

어느 날 이백이 공부에 싫증이 나서 절을 떠나 방황하고 있을 때란다. 노파가 쇠 절구를 열심히 갈고 있는 것을 보고 궁금해서 물으니 바늘을 만들고자 갈고 있노라는 말에 큰 깨달음을 얻고, 다시 절에 올라와 열심히 공부해서 마침내 시선詩仙의 경지에 이르렀다는 일화가 있다. 쉽게 이루어지는 것이 아니라 많은 시간과 노력이 필요하다는 것을 이백은 깨달은 것이리라.

'절차탁마切磋琢磨'

서예인들은 서예의 길이 매우 어렵고 먼 길이라 생각하며 이 고사성어를 염두에 두고 교훈으로 삼는다. 끊고, 갈고, 쪼고, 갈다. 라는 뜻으로 학문이나 도덕, 기예 등을 열심히 배우고 수련하여 익힌다는 자세로 붓을 잡는다.

'사흘간을 쓰지 않으면 내가 알고,

일주일을 쓰지 않으면 남들이 안다'라고 존경하는 선배님이 해주셨던 말씀이 엊그제 같은데 십수 년이 흘렀다.

어느 날 잠을 자는데 아내가 깨운다. 잠결에 깨어보니 허공에 손가락으로 글을 쓰며 자더란다. 지금은 은근과 끈기로 몸에 배어 있어 하루라도 글을 읽고 쓰지 않으면 뭔가 허전하여 잠조차 잘 오질 않는다. 나는 서예를 배우게 된 것이 내 인생에서 가장 잘한 일 중 하나라고 자부하고 싶다.

모든 시름 다 내려놓고, 평온한 마음이 찾아오면 하얀 화선지 위엔 퇴계와 율곡의 시가 자리하고, 마음속에 시상詩想을 심어놓는다. 시를 외우며 쓰는 것은 마음을 수양하고, 작가의 사상이나 철학을 내 마음의 양식으로 승화시키는 예술이다.

'아는 사람은 좋아하는 사람만 못하고, 좋아하는 사람은 즐기는 사람만 못하다.'

논어 옹야 편(知之者 不如好之者 好之者 不如樂之者)에 나오는 글처럼 나는 열정 속에 푹 빠져 있었던 것 같다.

묵향에 젖어 심취하게 되면 시계가 필요 없다. 즐거움 속에 금방 하루가 지나가 버리기 때문이다. 시詩속에서 만나는 옛 시인의 철학과 문학사상에 심취하게 되면 고독의 시간도 필요치 않다.

묵향에 젖어 글을 쓰고 집으로 향하는 길은 지혜의 샘물에서 여유와 겸손과 사랑의 향기로 가득 채워져 발걸음이 가볍다. 소리 없이 깊어가는 가을, 오늘도 묵향은 여전히 내 마음속에 있다.

봄의 향연饗宴

따스한 봄바람이 잔잔하게 불어오면 남해안으로 어여쁘게 피어난 봄의 전령사를 찾아 나선다. 남해안은 쪽빛 바다와 많은 섬과 고깃배들을 볼 수 있어 좋다. 활엽수 잎들이 피어나기 전에 춘설이 녹아내리고 따사로운 햇볕이 잘 드는 양지바른 곳이면 어디든 춘화들의 향연으로 가득하여 눈과 마음이 호사하기를 기대하니 마음이 설렌다.

드디어 단아한 기암기석의 품에 안겨 일출이 아름다운 향일암을 향해 산을 오르기 시작했다. 부푼 설렘을 안고 봄의 향연에 빠져든다. 능선을 따라 양지바른 곳은 어김없이 파릇파릇 새싹이 돋고 아지랑이가 피어오르는데 노루귀와 산자고가 제일 먼저 활짝 웃으며 무언의 인사로 우리를 반긴다. 봄꽃들은 사방에 군락을 이루며 흐드러지게 피어있다. 고혹적인 자태와 향기에 그들과 말없이 나누는 대화와 은밀한 눈 맞춤은 커다란 즐거움이다.

봄의 전령사인 산자고는 한국에서 자생하는 유일한 튤립종으로 햇빛을 받아야 꽃잎이 펼쳐지고 밤이 되면 꽃잎을 닫는단다. 어릴 적 친구들과 뒷동산에서 산자고 꽃을 보았던 기억이 아직도 생생하다. 노루귀는 허리를 구부리고 자세히 보아야 아름다움의 참 모습을 볼 수 있다. 꽃이 피고 잎이 날 때 솜털이 뽀송뽀송하고 잎 모양이 마치 노루귀를 닮았다고 해서 이같이 불린단다.

봄소식을 기다리다 못해 눈을 밀어내고 꽃을 피운다는 복수 꽃들이 반기고, 수줍은 듯 살포시 고개를 숙이고 보랏빛이 일품인 얼레지는 흔하게 사방으로 널려있다. 이름 모를 야생화는 부끄러운 듯 미풍에 한들한들 춤을 춘다. 멀리 계곡의 비탈에는 듬성듬성 동백꽃들이 어서 오라 손짓을 한다.

한겨울에 꽃을 피워 동백冬柏이라 한단다. 동백꽃은 나무에도 흐드러지게 피어있지만, 바닥에도 많이 떨어져 동백 꽃길을 하고 있다. 어찌나 화려하고 곱든지 오래도록 마음속에 남아 있을 것 같다.

어린 시절 고향의 민둥산은 참꽃(진달래)이 온통 붉은빛으로 가득했었다. 그러나 산이 울창한 숲으로 변한 지금은 진달래가 보기 쉽지 않은데 이곳은 곳곳에서 쉽게 볼 수 있어 참 좋다.

남해의 멋진 풍광들이 해무海霧가 걷히면서 서서히 드러난다. 고깃배가 유유히 물 위를 헤쳐나가고, 바다에 비친 싱그러운 봄 햇살은 봄꽃만큼이나 상큼하다. 남해의 해풍과 해무는 모든 식물과 야생화를 잘 보듬어 주어 이토록 아름다운 자태를 뽐낼 수 있게 한몫했으리라.

꽃은 며칠 사이에 금세 피어난다. 하지만 꽃을 피우기 위해서는 지루한 장마와 가뭄, 그리고 혹한의 겨울과 온갖 시련을 견뎌야 한다. 시련이 크면 클수록 더욱 뿌리를 깊숙이 내리고 양분을 저장하여 자연의 섭리에 순응하며 봄을 기다렸으리라.

모진 겨울을 지켜낸 꽃은 진한 향기를 간직할 수 있으나 겨울을 나지 못한 꽃은 아름다울 수는 있어도 향은 덜하다.

나무 밑에 춘란春蘭이 다소곳이 눈 맞춤 인사를 한다. 난蘭은 빼어난 자태와 품위로 기질이 한결같이 꼿꼿한 선비를 닮았으며, 아름다운 꽃과 그윽한 향기에 매료되어 많은 시인의 사랑을 받아왔다.

능선을 오르내리며 아름다운 천상의 화원을 눈과 마음에 담으며 걷다 보니 안타깝게도 양지쪽 나무 밑에 흙이 군데군데 파여있다.

춘란이든 야생화든 소유하고픈 욕망에 자연을 훼손하여 집안에 놓은들 해풍과 해무로 자연 속에서 피워 낸 꽃과 향기만 같을 수 있으랴. 금수강산이 우리 모두의 정원이요 화원인 것을, 자연과 이웃을 사랑하고 배려하여 참된 삶을 살아감이 어떠할까?

우리의 삶도 시련과 고난을 두려워하지 않고 견뎌 내야만 비로소 참된 인생으로 꽃을 피울 수 있으리라. 성공적인 삶은 그냥 주어지는 것이 아니라 인고忍苦의 세월을 묵묵히 참고 노력한 결과물일 것이리라.

'꽃의 향기는 십 리를 가고 말의 향기는 백 리를 가지만 베풂의 향기는 천리千里를 가고 인품의 향기德는 만리萬里를 간다'라고 했다.

긴 겨울을 뒤로하고 봄을 맞아 대자연의 아름다움에 흠뻑 취하고 보니 저절로 심미적審美的 쾌락을 느낀다.

문인화 전시

문인화를 배우며 연묵회에 가입하여 처음으로 전시회에 참여하기로 하였다. 이제 겨우 걸음마 수준이어서 설렘과 조심스러움에 살짝 긴장되었지만, 작품을 전시장에 걸고 나니 마음은 한결 가벼워진다. 코로나19 관계로 개전식開展式은 생략되고 축하의 가입 인사와 환영 인사를 겸하였다.

오 년 전쯤 지인 몇 분이 부스 전을 하신다기에 이곳 전시장을 찾았었다. 부스는 저마다의 열과 성으로 만들어진 작품들이 관람객들을 기다리고 있는데 하얀 화선지 위에 서예 글씨만 쓰여 있는 것보다는 그림과 글씨, 대작과 소품이 조화로운 부스가 한결 보기도 좋고 이채롭다. 앞으로는 글만 쓰지 말고 문인화를 같이 배워 기회가 있으면 글씨와 그림을 같이 전시해보고 싶다.

사군자 중 난을 제일 먼저 배웠는데 금방 배울 것 같았으나 쉽지 않다. 역입에 봉안을 살려 힘찬 난초잎을 단번에 그려보지만, 생각은 손에 미치질 않는다. 지도 선생님께서는

"2년 정도는 꾸준히 해야 먹색을 자유자재로 낼 수 있고 난을 잘 그릴 수 있다."라고 말씀하신다.

농묵으로 힘있게 뻗어나간 난잎과 담묵으로 부드럽게 빚어낸 꽃은 적절히 번져나간 먹물의 오묘함 속에 멋진 작품이 되리라. 수백 수천 번을 힘차게 난잎을 그리고 꽃을 그리다 보면 묵향은 난향이 되어 마음속에 찾아들 것이라 믿으며 붓을 든 지도 어느덧 오 년이 되었다. 난蘭 공부를 하고 나니 매화나 대나무 국화는 조금 쉬웠다. 그만큼 사군자 중에 난의 비중이 크다 보니 난을 제일 먼저 배우게 되나 보다.

옛날 초가집에나 있었던 방문에 예쁘고 고상하게 그린 사군자 그림을 붙여서 걸어 놓았다. 어릴 적 가난하고 힘들었던 추억과 운치를 과거로의 여행 속으로 되돌려 놓은 회장의 정성이 귀감이 된다. 연로하신 회원 한 분은 고운 한복에 향기 가득한 꽃을 금방

이라도 나비가 찾아 들것같이 손수 그리셨다. 세상에서 오직 하나뿐인 작품이다. 회원 한 분은 서예나 문인화, 한국화를 삼십여 년 하다 보니 서양화를 배워 보고 싶더란다. 시작한 지 불과 이 년 되었는데 필력이 있어서인지 잘 그리셔서 동양화 속에 서양화를 전시해 놓았어도 거부감 없이 이채로우면서도 자연스럽다.

오늘 참석을 못 한 회원의 작품이 발길을 붙잡는다. 광목에 감물을 들이고 말리고를 한 달 동안이나 정성을 들여 곱디고운 색을 입히고 연꽃과 연잎을 청초하고 단아하게 그려놓았다. 그리고는 주돈이의 애련설愛戀說을 한글로 예쁘게 써서 화제畫題로 삼았다.

방문객들의 시선 집중을 받으며 "광목이 저렇게 예쁘고 고운 색으로 변할 수 있다니 놀랍다"라며 작가를 만나지 못하고 전시장을 나서야 하는 아쉬움에 되돌아보곤 한다.

또한, 지도 선생님의 곱고 부드러운 명주 천의 목단과 포도는 은은하면서도 섬세하여 높은 경지에 이르렀음을 보여주신다. 이번 문인화 전시회는 단순히 화선지 위에 묵향을 그려놓기를 넘어 예술의 다양성과 자기만의 개성을 표현하고, 품위를 한층 고취 시켜 예술의 가치를 극대화했다고 자부했으리라 믿고 싶다. 내년에는 더 발전된 모습으로 내면의 나를 더욱 성숙시켜 작품을 만들어야겠다.

문인화는 서예의 일부분이다. 옛 선비들은 글을 쓰고남은 화선지의 여백에 난을 치고 매화나 대나무 국화를 그려 지루함을 달랬다는 실說도 있지만 근래近來에 와서는 문인화는 나날이 발전하고 문인화를 사랑하고 아끼는 사람들은 전시회나 모임 등을 자주 갖고 왕성한 활동을 하고 있다.

깊어가는 가을, 하늘은 유난히 맑고 푸르다. 관람객들은 나도 해보고 싶다는 강한 도전을 느끼게 되고 작품을 통해 대리만족할 수도 있으리라. 생계를 위해 뒤를 돌아볼 시간도 없이 우리는 바쁘게 살아왔다. 이제는 취미생활도 하며 자신을 뒤돌아보며 마음의 여유를 찾으며 여생을 즐기면 좋지 않을까 생각해본다. 자신감에 마음이 한결 따뜻해져 온다.

꿀벌과 꽃 이야기

모처럼 긴 가뭄 끝에 단비가 내렸다. 텃밭의 농작물들이 궁금했다. 고구마며 수박, 토마토, 참외, 가지, 오이, 옥수수 등이 단숨에 생기가 돈다.

비가 잠시 멈추고 햇빛이 채전菜田을 비추니 흙의 냄새, 채소의 냄새, 풀의 냄새가 여름의 향기로 가득하다.

지하수가 없어 집에서 수돗물을 배관하여 물통에 받았다가 하루나 이틀 뒤에 물을 주곤 했었다. 하지만 생각보다 성장하지는 않고 특히 옥수수는 잎사귀가 배배 돌아갔다가 물을 주면 겨우 생명을 지탱하곤 했었는데 비가 오니 밤사이 몰라보게 훌쩍 커 버렸다. 퇴비를 주고 물을 매일 정성스레 주었어도 잘 크지 않던 작물들이 비를 맞으니 활기를 찾는다. 대자연의 섭리에 저절로 겸손해진다.

어디선가 벌떼의 소리가 적막을 깨고 들려온다. 자세히 보니 옥수수꽃에 꿀벌들이 수없이 매달려 꿀과 화분을 모으고 있다. 처음에는 꿀벌들이 너무 많아 분봉하는 줄 알았다. 그동안 무심해서 벌이 아까시나무꽃처럼 화려하지도 않은 옥수수꽃에서 꿀을 채취하는 것은 처음 보는 데 신기할 따름이다.

옥수수는 맨 위에 멋진 수꽃을 피워 내고 암꽃은 수염을 예쁘게 치장하고 수꽃의 꽃가루를 받아 수분 되어 열매가 서서히 영글어 간다. 장마철인 지금은 아까시나무꽃도 지고 밤꽃도 져서 꿀이 귀하니 옥수수꽃으로 모여들었나 보다.

지난봄 가게 앞 화분에 앵두나무와 체리 나무가 나란히 심겨 있는데 앵두나무는 꿀벌들이 많이 모이지만 체리 나무는 가끔 한두 마리가 꽃에 앉았다가 바로 날아오르곤 한다.

꽃향기를 맡아보니 향기는 있다. 꽃은 수천 개가 피었는데 열매는 겨우 네 개만 달렸다.

왜일까?

체리 전문 농장 이곳저곳에 알아보니 체리 나무에는 품종에 따라 꿀이 없단다. 그러니 꿀벌이 접근하지 않았던 거였다. 다른 품종을 바로 옆에 심어 바람에 의해 수분이 되도록 해야 한다는 것을 배웠다.

꿀벌은 우리 인류에 미치는 영향은 지대하다. 봄에는 하우스 딸기밭에 꿀벌을 키워 암꽃과 수꽃이 수분 되어 맛있는 딸기를 생산하는 데 일조한다.

하지만 지금은 과학이 발달하여 배나무 과수원에서의 수분을 인력으로 하였으나 지금은 드론으로 한다는 TV 방송을 보았다. 그렇지만 꿀벌은 여전히 인류에게 커다란 영향을 주는 중요한 존재이다.

근래에는 꿀벌의 수가 자꾸 줄어들어 농작물에 많은 영향을 준다고 우려하고 있다. 특히 밭에 뿌리는 제초제는 꿀벌들에게 치명적이라고 한다.

농업인들은 농사짓기 편리하기 위해서라지만 꿀벌은 목숨이 달린 문제이다. 미래를 위해서는 대책이 시급한 것 같다. 특히 개화기에 농약 사용을 자제하고 꿀벌에 미치는 영향들을 고려해서 농약 살포를 해야 하지 않을까!

또한, 농약 제조사들도 지금보다 다방면으로 연구 노력하여 꿀벌에 최소 영향을 미칠 수 있는 농약을 제조 판매함이 어떠할까!

꿀벌은 인류가 소비하는 농작물의 70~80%가량 영향을 미친다고 한다. 이러한 이유로 아인슈타인은,

"꿀벌이 사라지면 인류도 4년 안에 멸종할 것이다"라고 말하기도 했다. 우리나라에서도 이런저런 이유로 꿀벌이 사라져 벌통을 불태우는 안타까운 사연이 언론에 보도되고 있다.

농사를 짓지 않는다고 무관심해서는 안 된다. 모든 인류의 큰 과제임에 틀림이 없으며, 지금 당장 절박하다. 순식간에 꿀벌들이 사라질 수도 있기 때문이다.

우리 모두 관심을 두고 꿀벌과 공생共生할 방안을 찾기 위해 연구 노력하는 연구기관도 설립해야 할 것 같다.

단순히 신神이 내렸다는 선물 '꿀'을 모으는 꿀벌들의 이야기가 아니라 인류가 먹고사는 농작물을 위함이니 인류와 꿀벌들의 미래를 위해 더욱더 철저히 대비해야 하지 않을까?

보생와사步生臥死

오늘은 유난히 달이 밝다. 서너 달 전부터 밤이 되면 달이나 별을 벗 삼아 고향 하늘을 바라보는 것이 습관이 되어 버렸다. 누워있어도, 서 있어도 허리는 고통에서 벗어나질 않는다. 굼벵이처럼 몸을 둥글게 해야 일어날 수 있었다. 일 년 전부터 조금씩 아프기 시작하던 허리는 통제 불능의 상태가 되어 치료 잘한다는 병원을 사방팔방으로 찾아다니며 치료를 받았으나 호전되질 않는다. 무기력증에 고통은 고독 속으로 들어와 밤새 나를 괴롭힌다. 일 년 내내 병을 못 고치고 있으니 자괴감에 나를 더욱 슬프게 한다. 지난해부터 일에 지쳐 운동을 소홀히 했던 것이 화근이 되었나 보다.

건강을 잃으니 모든 것이 무기력해졌다. 서예도, 문인화도, 도자기 그림도, 글을 쓰는 것조차 마음먹은 대로 되질 않는다. 슬픔과 고독 그리고 외로움은 늘어만 가고, 부자연스럽게 걷는 내 모습은 만나는 사람마다 안타까움에 위로의 말을 전해주지만 어쩔 도리가 없다.

마음은 점점 더 조급해지고 낙담하던 중 지인으로부터 위로의 전화가 왔다. 지인의 부인이 모 병원에서 수술하지 않고 약을 먹으면서 하리 강화 운동과 걷는 운동만으로 거의 완치가 되었다고 병원을 추천한다.

예약하고 MRI를 촬영하였다. 담당 의사는 주사를 놓아주면서 시술을 하든지 수술을 하든지 허리에 좋은 걷기 운동을 해서 근육을 만들어주지 않으면 안 된다고 신신당부를 한다.

'보생와사'라 했던가?

'걸으면 살고 누우면 죽는다.'는 말처럼, 이대로 무너질 수는 없었다. 백두산 천지를 트래킹 하고, 알프스산맥을 오르내리고, 차마고도를 걷고, 안데스의 마추픽추 트래킹을 했던 내가 아닌가.

나의 건강은 누가 대신해줄 수 없다 이를 악물고 하루도 쉬지 않고 열심히 걷는 동안 많은 성찰省察의 시간을 가졌다. 눈앞의 이익에 의義를 저버리지는 않았는지, 부모님께 불효는 하지 않았는지, 형제들에게는 우애가 돈독했었는지, 아내에게 배려하지 못하고 남편 주장만을 고집하지는 아니했는지, 딸들 교육에 있어 올바르고 참되었는지, 생각이 깊어진다.

의사의 권유에 약을 하루도 빠짐없이 먹고 비가 오나 눈이 오나 굳은 결심을 하고 물리치료를 하면서 허리치료에 좋다는 걷기운동으로 뒷동산을 열심히 걸었다. 처음에는 5, 6분여를 걸으면 주저앉아야 했으나, 다시 일어나 걷고 또 주저앉으면 또다시 걷기를 한 달쯤 되었을까… 조금씩 조금씩 걸음은 빨라지고 허리통증이 줄어드는 것을 확연히 느낄 수 있었다.

옛말에 '삼십 분 산책은 보약 한 재보다 좋다.'

'산은 스승이요 주치의이다.'라는 말이 실감이 난다.

몸이 건강해야 정신건강도 좋아져서 무슨 일이든 잘할 수 있다는 것을 절실히 느꼈다.

나이가 들어가면서 몸은 조금씩 아프기 시작하고 기억력도 깜박깜박하지만, 마음만은 청춘이다. 육체만 건강한 것이 아니라 정신도 건강해야 보생이리라.

평소 덕을 쌓고 선하고 착하게 살아 직장에선 모범이 되고, 사회에 봉사하고, 나라에 충성하는 것, 또한 보생이다. 이기심에 자기만의 아집으로 역지사지易地思之를 못하여 상대편을 곤경에 빠뜨리고, 공공의 이익을 저버리고 나와 내가 속한 집단의 이익만을 추구하고 살아가는 것은 와사라고 생각한다.

지극히 상식적이고 건전한 사고방식으로 더불어 인간답게 살아갈 때 이것이 청춘青春이고 보생이 아닐까?

육칠십대인데도 마음과 행동 그리고 책임감은 삼사십대로 살아가는 올곧은 청춘도 있다. 청춘은 앞으로 쓰러지고 뒤로 넘어져도 다시 일어나 꿈과 이상을 향하여 정진하는 것이리라.

젊은 나이에도 불구하고 절망하고 방황하며 희망을 잃어버린 삶은 '와사'이다.

인생을 살아감에 평소에 열심히 심신心身을 단련하여 인간답게 착하게 살아야 한다는 것을 요통을 앓으면서 마음속 깊이 깨닫게 되었다.

까마중

초가을이다. 늦장마가 끝나니 오랜만에 따사로운 햇살이 온 대지를 환하게 비추고 있다. 서각을 배우고 시내 초등학교 앞을 지나고 있었다. 차가 다니는 차도는 물론 인도까지 대대적인 공사가 한창 진행 중이다.

위험하고 복잡한 도로를 겨우 빠져나와 한숨을 돌릴 즈음 가로수 밑에 낯익은 식물이 발길을 멈추게 한다. 보통은 밭둑이나 채소들 틈에서 익어가는 곡식들의 이야기를 귀동냥해가며 살아가는 것이 보통이다.

어릴 적 늦여름부터 초겨울까지 밭둑이나 길옆에 버젓이 꼿꼿

하게 서서 검정 열매를 보란 듯이 내보이던 식물이 아니던가!

발길을 멈추고 오랜 친구를 만난 것처럼 악수하듯 잎사귀를 만져보고, 아직 익지 않은 열매를 세어보니 채 열 개도 되지 않는다. 그런데 이름이 머릿속에 맴돌 뿐 생각이 나질 않는다. 예닐곱의 작고 하얀 꽃을 쪼그리고 앉아 겨우 사진을 찍어 꽃 검색을 해보니 '까마중' 이란다.

이름 한번 특이하다. 그 많고 많은 이름 중에 까마중이라니, 반들반들 익은 열매가 중의 머리를 닮았다 하여 까마중이라고 하였단다. 사투리로는 깜두라지, 먹탈, 강태, 개꼬리, 진천에서는 까막사리라고 불리는데 단 한 번도 들어보지 못한 이름이다.

옛 생각이 새록새록 절로 난다. 비료가 흔하지 않을뿐더러 가격이 비쌌다. 그러니 퇴비를 많이 만들어 논과 밭에 거름을 주어야 했다. 심지어 대소변이 마려워도 참고 집에 가서 볼일을 보았던 시절이었다. 논둑과 밭둑은 물론 개울가의 풀들은 소나 염소의 먹이로 베어지고 있을 때 까마중은 살아남았다. 집 마당이나 뒤뜰, 담장 밑에는 몇 그루씩 어느 집이고 있었다. 어른과 아이 할 것 없이 그만큼 좋아했다.

지금처럼 제초제를 살포하지 않았으니 번식력이 강한 까마중이 흔했었다. 주전부리가 많지 않았던 때라 까맣게 익은 열매를 손으로 훑어 먹다 보면 입안에서 열매가 톡 터지면서 내는 달콤하면서도 약간의 쓴맛은 잊을 수 없다.

그 맛을 기억해내니 지금에서야 생각난다. '땅골' 이다. 내 고향 서산에서는 땅꼴이라고 했었다. 입이나 손이 까맣게 물들어도 마냥 즐거웠다. 우리 사형제는 하나라도 더 먹으려고 서두르다 보면 설익은 것을 간혹 먹게 되는데 입안에서 느껴지는 아릿한 맛을 지금도 기억하고 있다. 청주가 고향인 아내는 어려서 밭둑에서 까맣게 익은 열매만을 골라 따서 먹었던 추억을 기억하며 '때꽈리'라고 한다.

지금은 밭둑이며 논둑에는 제초제를 살포한다. 누렇게 죽어있는 풀들이 보기에도 흉하고 안쓰럽다. '농사는 잡초와의 전쟁'이라고 한다. 농민들을 탓하는 것은 아니다.

다음날 이른 아침부터 까마중을 찾으러 한 시간이나 밭둑을 살피다가 드디어 찾았다. 밭과 논 사이에 지난해 두엄을 쌓아 놓은 곳에 숨은 듯 조용히 꽃을 피우고 아직은 익지 않은 파란 열매를 맺고 있다. 매일 산책하는 길옆이었는데 조금 높은 그곳에 있어 평소에 볼 수 없었다. 고향 친구를 오랜만에 만난 것처럼 반가웠다.

효능에는 안토시아닌과 사포닌 성분이 다량 함유되어 있어 암을 유발하는 유해물질과 암세포의 증식을 억제하는 효과가 블루베리보다 수십 배 높다고 한다. 까마중은 잎이며 줄기 열매 모두 먹을 수 있는데 차茶 나 효소를 만들어 먹기도 하고 술을 빚어 먹으면 좋다고 한다. 사람들의 건강에 유익하다고 하니 재배하는 농장이 생기고 다양하게 제품을 만들어 판매하고 있다. 그러나 독성물질로 알려진 솔라닌도 들어 있어 적당히 먹어야 한다.

매주 목요일이면 오며 가며 까마중과 반갑게 눈인사를 나눈다. 여물어가는 과정이 정겹고 신비롭다. 다음 주에는 얼마나 변했을까 상상을 해보니 늘 마음이 설렌다. 열매가 익으면 채종해서 내년에 밭둑과 산속 꽃밭에 파종하여 싹이 트고 성장해가는 모습을 보고 싶다.

편리함과 이기심에 자연은 파괴되고 전염병이 세계적으로 창궐하는 삶을 살아보니, 자연을 지키고 사랑하는 일이 얼마나 소중한지를 새삼 느낀다.

천지를 품다

동네 뒷동산을 며칠째 오르내리는데 동네 분들이,

"저 양반 또 어디 높은 산을 오르려나."라고 하신다.

설악산이나 지리산, 한라산을 가게 되면 으레 며칠을 앞두고 체력을 단련시키고 다녀오곤 한다. 그렇다. 난생처음 백두산 천지를 트래킹 하기 위해 체력을 단련하고 있다.

큰 기대감 안고 인천공항에서 심양까지 2시간여 다시 버스로 10시간을 달려 백두산 근처 호텔에 도착하였다. 그런데 호텔에서 어제 온 여행객 한 분이 천지를 조망하기는 고사하고 바람에 날아갈 뻔했다고 한다.

지금은 초여름 6월 4일인데 이곳은 아직 겨울이다. 걱정이 앞선다. 피곤한 몸을 침대에 눕히며, '내일은 천지를 볼 수 있게 하여 주시옵소서.' 두 손을 모아 기도해본다.

다음날 이른 아침 눈이 많이 와서 5호 경계비로는 못가고 중간에서 우회해야 한단다. 역시 천지는 7, 8월에 와야 야생화도 보고 눈 걱정을 하지 않아도 된단다. 하지만 어쩌랴 중국당국 허가를 받기가 쉽지 않다. 회원 비율로 필히 산악 가이드를 채용해야 하고 따라서 비용도 많이 든다. 여하튼 우리는 차를 타고 최대한 갈 수 있는 데까지 올라가서 탐방로가 아닌 능선과 계곡을 오르락내리락을 반복하며 걷기 시작했다. 어제 눈이 많이 온 탓인지 계곡은 운무가 드리워져 한 폭의 수묵화다.

능선은 나무라곤 전혀 볼 수 없는데 계곡으로 내려가니 자작나무 군락지가 보이고 눈이 녹아 흐르는 냇물도 만났다. 저만치 천지 주변의 높은 봉우리는 우리를 빨리 오라 손짓하는데. 얼마쯤 갔을까 푸른 계곡이 나타났다. 산은 온통 설경인데 이곳 양지쪽은 봄을 알리는 야생화의 꽃대가 힘차게 눈 속을 뚫고 움트고 있다. 백두산은 1800 여종이 서식하는 야생화 천국이란다. 야생화를 밟지 않게 조심 또 조심하면서 이 꽃은 어떤 모양이고 무슨 색일까를 궁금해하며 걷는다.

지금 우리는 아무도 가보지 않은 길을 그저 먼발치에서 천지만을 바라보며 가이드의 안내를 받으며 가고 있다.

아! 그렇다.

우리는 백두산의 속살을 보며 이십 여일 후에는 야생화의 향연이 펼쳐져 보랏빛 향기로 가득할 이곳을 가고 있다.

서너 시간이 지났을까 허기가 진다. 옹기종기 모여 도시락을 정말 맛있게 먹고 멀리 보이는 천지의 정상을 향해 가파른 능선을 거친 숨을 헐떡이며 오르다 보니 먼저 도착한 산우들의 환호성이 들려온다.

5시간 반을 걸어왔다. 눈이 없었으면 차에서 내려 한 시간이면 천지를 볼 수 있다는데 한편으론 눈으로 인해볼 수 없었던 신비로움을 우리는 만끽하고 있는지도 모른다.

드디어 백두산 천지다!

그 비경이라니!

자연이 빚어낸 신비로움과 경이로움에 나는 순간 숨을 쉴 수가 없었다. 이곳이 민족의 혼이 서린 영산이라 했던가!

가슴이 뭉클하고 벅차오른다. 몇 년을 고대하고 고대하던 만남이던가!

위정자들이 만들어 낸 민족의 비극에 중국 땅에서 천지를 바라보아야 하는 이 고뇌의 시간! 북한 땅 장군봉을 바라보면서 하루라도 빨리 통일이 되어 중국 땅이 아닌 우리나라 한반도에서 다시 한번 백두산 천지를 감상할 수 있기를 소망하면서 외쳐본다.

"통일이여 어서 오라!"

백운봉을 거쳐 용문봉을 걷다 보니 겨울의 긴 잠에서 아직 깨어나지 못한 채 얼음으로 가득한 천지는 보는 각도에 따라 장엄함이 색다르다. 한여름에는 장엄하게 울어 댓을 비룡폭포는 얼어붙은 채 말이 없다. 보고 또 봐도 가슴 벅찬 민족의 영산! 하지만 우리가 다녀온 이후론 중국당국에 의해 산행이 중단되었다고 하니 실로 마음이 아프기 그지없다.

이튿날 예정되었던 천지의 물가 산행은 역시 눈이 많아 가질 못하고 지프로 천문봉을 올라 다시 한번 백두산 천지를 감격스럽게 조망해 보았다.

저 멀리 백운봉 용문봉을 바라보니 당당히 저 길을 걸어온 나 자신이 자랑스럽고 감개무량했다.

기도 덕인가 6월에도 눈이 내리고 9월에 첫눈이 내린단다. 연중 고작 평균 28일만 그것도 삼대가 덕을 쌓아야만 비로소 볼 수 있다는 천지를 우리는 이틀 연속 환상적인 조망을 즐기고 있다.

백두산 천지!

이번 산행은 마음 깊숙이 감동이 되고 환희가 되고 기쁨이 넘쳐 오랫동안 그리움으로 남을 것이다.

봄의 선물

봄을 재촉하는 비가 밤사이 소리 없이 내렸다. 노란 산수유꽃에 맺힌 빗물이 영롱하다. 이제 겨울의 긴 잠에서 깨어나 봄소식이 전해진다. 농부들의 마음이 바빠지기 시작했다. 오늘은 우리 집 텃밭에 사용할 퇴비와 같은 빌라에 사는 지인의 텃밭에 퇴비와 비료를 옮기기로 했다. 나에게는 트럭이 하나 있어서 이웃들에게 필요할 때마다 봄이면 퇴비나 비료, 가을이면 고구마 등 수확물을 옮겨주곤 한다.

이웃의 텃밭에 비료를 내려놓다 보니 바로 옆에 조그만 밭이 눈에 들어온다. 여러 해 동안 농사를 짓지 않아 풀이 밀림처럼 우거져 있다. 땅 주인은 서울에서 생활하는데, 칡과 풀이 너무 많아 엄두를 못 내고 있단다. 텃밭으로 농사를 지어도 된다 해서 농사를 짓기로 했다. 십일 년을 묵힌 밭이라 삽과 괭이로 밭을 일구려 하니 힘만 들지 도무지 진도가 나가질 않는다. 나는 중장비 사장에게 내가 사는 빌라 뒤편에 묵힌 밭이 있는데 일이 일찍 끝나는 날 한 시간 정도 도와 달라고 부탁을 하니 흔쾌히 해주겠다고 한다.

마른 풀과 칡넝쿨을 걷어내고 밭을 일구니 온통 칡이다. 트럭에 한가득하다. 밭에서 자란 것이라 한줄기에 고구마처럼 여러 개 달린 것도 있다. 윗부분은 손가락만 한데 아랫부분은 어른 팔뚝만 하다. 봄에 찾아온 선물이다. 아내와 상의를 하니 건강원에서 칡즙을 내려 친척들과 가까운 이웃 지인들에게 나눠드리면 좋을 것 같다 한다. 좋은 생각이라 일단 건강원에 맡겼다. 처음 해보는 일이어서 얼마나 나올지 궁금한데, 건강원 주인은 한 상자에 오십 봉지 들어가는데 칠십 상자는 족히 나올 거라 한다. 예상보다 많은 양이다.

우선 서예 사랑방 회원들에게 한 상자씩 나눠 줬다. 다음날 가까이 사시는 스승님, 그리고 친구들, 지인들과 처남들에게는 직접 나눠 주고 멀리 사는 친척에게는 택배로 보냈다. 물론 딸들과 사위 외손자들에게도 나눠 주었다. 평소에 도움만 받고 지내왔는데 이렇게 주고 나니 마음이 뿌듯하다.

삼십여 상자가 아직 남았다. 보내 주면 좋아할지 싫어할지 부담스러워할지 고민도 많이 되어 보내드리지 못한 분들께는 '그래도 보낼걸…' 하는 아쉬움이 많다. 우리 딸들이 보내 준 건강식품도 처음에는 열심히 먹다가 어느 날 보면 냉장고 채소 박스에 쌓여 있을 때가 있다.

나머지는 고민 끝에 팔기로 했다. 상자에 칡의 효능과 시중 가격보다 저렴하게 판다고 써 붙였다. 그러나 팬데믹에 불경기라서 그런지 팔리지는 않고 이틀이 지났다. 마침 잘 알고 지내는 아내의 지인이 지나치다 칡즙을 보고 여기저기에 전화를 걸어 순식간에 열한 상자를 팔아준다. 같은 상가 식당에서는 팔아 볼 테니 식당에 갖다 놓으라 한다. 값도 싸고 맛도 좋다는 소문에 금세 열세 상자가 또 팔렸다. 그리고는 단골들이 팔아주셔서 몇 상자 남지 않았다. 두 분에게 애썼다며 칡즙도 주고 수고비도 챙겨 주었다. 물론 중장비 사장님에게도 한사코 받지 않겠다는 것을 '칡즙은 당연히 장비 기름값'이라며 억지로 손에 들려주었다.

우연히 얻게 된 칡을 보면서 어릴 적 고향의 양지쪽 비탈 산에서 칡뿌리를 캐어 먹던 생각이 난다. 동네 친구들과 함께 칡뿌리를 캐서는 물로 씻지도 못하고 마른 나뭇잎에 쓱쓱 문질러 껍질째 정말 맛나게 먹었었다. 입 주위에 칡즙이 묻은 모습을 서로 마주 보면서 멋쩍게 웃었던 추억이 생각난다. 간식도 귀하고 밥을 먹고 돌아서면 배고플 나이였다. 얼은 땅을 힘들게 파내서 얻은 칡뿌리의 맛은 지금의 짜장면이나 아이스크림보다도 더 달콤했었던 것 같다.

밭을 삽과 쇠스랑으로 이랑을 만들다 보니 아직도 숨어있던 칡뿌리들이 많이 나온다. 궁리 끝에 물로 깨끗이 씻은 후 가래떡을 썰 때 사용하던 조그만 작두로 잘게 썰었다. 칡차를 만들 요량이다. 썰어 놓고 보니 굵은 것은 나이테가 선명하다. 나무의 나이테와 똑같다. 양파 자루에 넣어 걸어 두면서 '며칠 먹고는 잊어버리지 말고 부지런히 먹어야겠다.'라고 다짐했다.

내게 살며시 다가온 행운, 귀한 선물은 아니지만 서로 안부를 전하며 친인척과 지인, 그리고 이웃에게 나누어 드리고 나니 뿌듯하다.

칡은, 이제까지 경험하지 못했던 '봄의 선물'이었다.

초등 동창생들과의 해후

만추晩秋, 조금은 차가워진 바람을 맞으며 친구 딸 결혼식에 참석하기 위해 상경했다. 초등학교 졸업한 지 54년… 졸업 후 한 번도 만나지 못한 친구들을 만나려니 가슴이 두근거린다. 알아볼 수 있을까? 더구나 마스크까지 썼으니, 설레는 마음에 혼란스럽다.

한 시간 일찍 식장에 도착하였다. 친구와 친구 부인에게 축하의 인사를 나누고 동창들을 기다리고 있었다. 한두 명씩 모여들었다. 동창 한 명이 나를 보고는,

"너 세현이지 옛 모습이 살아 있네!"

"까무잡잡했었지 하하하!"

"그래 나는 통 기억이 나지 않는구나… 미안한데 이름이?"

"너랑 절친이었는데 못 알아보겠니? 서운하다!"

"마스크 벗어봐! 아 이제 생각난다. 선영이 맞지? 장교로 군 생활하고!"

열 명 중에 서너 명은 알겠고 나머지는 전혀 머리에 떠오르질 않는다.

혼주와 나는 초등학교는 물론 중·고등학교까지 같이 다녔고 군대도 한날한시에 입대해서 훈련도 같이 받았다. 초등학교뿐만 아니라 중·고등학교 동창까지 만났다. 감회가 더욱 새롭다. 예식이 어느 정도 진행되자 친구들은 하나둘 피로연 식당으로 모였다. 반갑다며 주거니 받거니 술을 권한다.

나는 "고맙다! 나를 반겨줘서…. 동창 모임에 한 번도 참석 못해 그동안 너무 미안했다!"라며 사과를 하며 회포를 풀었다.

반세기 만에 만나는 친구들의 얼굴을 미리 익히고 가고 싶었지만 나는 초등학교 졸업 앨범이 없다. 중학교 입학금과 교복, 책, 공책, 등을 살 형편도 그랬지만 동생들이 세 명이 있어 학비도 문제지만 막내 삼촌과 고모가 결혼을 앞두고 있어 부모님과 할머님이 고심하며 노심초사하시는 모습을 보니 말씀을 드리지 못했다. 졸업여행도 말씀은 드렸지만 조르지는 못했다. 졸업여행비가 100

원이었다. 중학교 입학금이 1,110원이었으니 큰돈이었다.

60년대의 우리네 삶은 일제 강점기의 수탈과 한국전쟁의 폐허 속에 무척이나 고달 펐다. 초등학교 졸업생 중에 중학교 진학하는 학생은 삼 분의 일 정도였다. 입학금과 학자금을 마련하기 위해 솔방울을 따서 시장에 팔았다. 민둥산에 리기다소나무를 심은 지 얼마 되지 않아 어린 내가 솔방울을 따는 데 큰 어려움은 없었으나 가시가 있어 헌 옷으로 장갑을 만들어야 했다. 한 가마니에 80원, 오 일 정도는 따야 한 가마니다. 나는 지게에 지고 어머니는 머리에 이고 십리 길을 걸어 시장으로 향했다. 아버님은 일하라는 말씀은 자주 하셨지만 공부하라는 말씀은 별로 없으셨다. 하지만 아버님의 속마음은 '열심히 공부해라' 라는 것을 나는 잘 안다. 나라 잃은 설움, 배우지 못한 설움, 배고픈 설움에 대해 장날 막걸리를 거나하게 드시고 말씀하셨던 것을 나는 잊을 수가 없기 때문이다.

청첩장을 받아 들은 다음 날 지나치기만 했던 모교를 찾았다. 옛 건물은 없고 새로 지은 학교 건물이 나를 반긴다. 운동장은 파랗게 인조 잔디로 정리되어 있고 소나무가 빽빽하던 풍치원風致園 숲은 세월의 흔적을 보여준다. 소나무 가지가 세월의 무게를 이기지 못하고 잘려 나가고 죽어 베어진 나무의 밑동은 말없이 나를 바라보고 있다. 한여름 무더위를 피해 소나무 그늘에 들어서면 시원함과 매미의 울음소리에 시간 가는 줄도 몰랐었다. 송림松林 숲은 운동장 옆에 이백여 평쯤 되었다. 교장 선생님은 다른 학교에는 없는 소중한 자산이라고 자랑삼아 말씀하셨었다. 풍치원의 소나무를 보니 논어에 나오는 '세한지송백歲寒知松柏'이란 글이 생각난다.

'추워진 뒤에야 소나무와 잣나무의 푸름을 안다'는 뜻으로 어떠한 역경에도 뜻을 굽히지 않고 지조와 의리를 지키는 군자의 마음을 말한다.

"친구야 초등학교 앨범 있니? 사진 촬영해서 톡으로 보내줘!"

앨범을 가진 제환 친구가 카톡방에 빛바랜 흑백앨범 열여섯 장의 사진을 올렸다. 돋보기를 쓰고 오십사 년 전의 기억으로 들어갔다. 선생님들과 120명의 친구가 말없이 반긴다. 감개무량하다. 지금껏 초등학교 때의 모습을 처음으로 보았다. 검게 탄 얼굴이지만 눈동자는 빛나고 있다. 친한 친구도 있었지만 싸움도 하고 어른들에게 꾸지람도 듣곤 했었다. 하루는 과외 수업을 마치고 밤늦게 집으로 가는데 배가 너무 고파 무우를 뽑아 먹었다. 배고픈 생각만 하고 농사를 짓는 어려움은 생각 못 한 나는 또 무우를 서리를 하다 밭 주인한테 들켰다.

밭 주인은 웃으면서,

'아무개 아들이라는 거 다 안다."라며 용서를 해주셨던 아련한 추억이 떠오른다. 하지만 먼 길 떠난 친구들, 뭐 그리 바삐 떠났는지 보고 싶어도 볼 수 없으니 인생이 무상하고 허망하여 애잔하다.

노란 은행잎이 소리 없이 빙그르르 내려앉는다. 늙음에도 미학美學이 있지 아니한가!

'나이는 숫자에 불과한 것'

'일에만 매달리지 말자!'

'여유를 갖고 인생을 건강하게 살아보자.'

동창들을 자주 만나고 취미생활도 하면서 이웃에 봉사하고, 황혼黃昏의 여유를 즐기며 살아가야겠다.

신율봉산 공원 꽃밭 조성

가을 하늘이 맑고 쾌청하다. 지난해부터 생각만 하고 실천에 옮기지 못한 화단을 만들기 위해 트럭에 밭 흙을 싣고 공원 앞에 주차하고 흙을 나르기 시작했다. 그리고 꽃밭을 조성하는 기념으로 산수유 다섯 그루 중 네 그루를 화단 주변에 심고 햇볕이 잘 드는 동쪽 언덕 위에 한그루를 심었다.

2년 전부터 신율봉산 공원에 있는 꽃밭에 미력하나마 꽃을 심고 관심을 갖게 되었다. 누구나 꽃을 보면 기분이 좋아진다. 공원 정상에 오르면 남쪽 양지바른 곳에 화단의 꽃들이 웃으며 반긴다.

충북대학교 평생교육원 수필창작반 지도교수님께서 5년 전부터 사랑의 꽃밭을 조성하여 공원에 휴식을 취하러 오는 모든 분은 감사함을 잊지 않는다.

비가 오지 않으면 160계단을 오르내리며 물을 주시고 비가 많이 오면 화단 흙이 떠내려가지 않게 죽은 나뭇가지를 모아 둑을 만드시는 교수님의 수고로움에 꽃들이 다양하게 봄, 여름, 가을 동안 쉼 없이 꽃밭을 장식하고 있다.

공원의 흙들은 마사토에 돌들이 많이 섞여 있어 나무나 꽃들이 생육하기에는 매우 부적합하다. 화단 앞 길옆에는 빗물에 패여 돌들이 뾰족하게 나와 있어 보기에도 좋지 않고 걷기에도 불편하다. 지난해부터,

'이곳에 밭 흙을 옮겨와 화단을 만들어야겠다.'하고 생각은 하였으나 막상 바쁜 일정 핑계로 차일피일 미뤘었다. 솔직히 엄두가 나질 않아 망설였는지도 모른다. 맨몸으로 여러 번 오르내리는 것도 보통 일이 아닌데 흙을 등에 지고 옮겨야 하니 어려움이 있다.

10월 중순으로 일정을 정하고 용역 사장에게 젊고, 힘이 좋아 일을 하다 중간에 포기하지 않는 외국인 근로자를 보내 줄 것을 신신당부하여 밭 흙을 차에 싣고 진천의 산림조합 나무 시장에 들러 산수유나무 다섯 그루를 조심스럽게 흙 위에 싣고 천천히 공원

으로 향하였다.

서른 살의 우즈벡 장정은 흙을 한번 옮기고는 고개를 절레절레 흔든다. 우리나라에 온 지 5년 되었는데 우리나라 말을 제법 잘한다. 결혼했느냐고 물으니 부인이 두 명이고 아들 둘에 딸도 둘이란다. 잘못 들었나 싶어 다시 물어보니 우즈베크는 일부다처제로 부인이 다섯 명이 되는 사람도 있다고 한다. 질통에 흙을 가득 담아 두 번을 나르더니 웃옷을 벗고 세 번을 나르더니 어깨에 멍이 들었다고 공원 벤치에 주저앉는다.

나도 산수유나무를 가슴에 안고 다섯 번을 오르내리고 질통에 흙을 5분의 4 정도를 담아 공원을 오르기 시작했다. 차에서 계단까지는 오십여m, 계단은 124개 그리고 화단까지 사십여m를 가야 흙을 내릴 수가 있다. 중간에 쉬는 곳이 마땅치 않아 선 채로 쉬다가 발걸음을 옮겨야만 했다. 두어 달이 지나면 나도 고희古稀다. 힘이 많이 부치지만, 코로나가 창궐하기 전까지 14년여를 매주 산행을 했었다. 지금도 매일 한 시간 정도 걷는 운동을 해서인지 다리는 아프지 않은데 어깨가 아파온다. 하지만 어쩌랴 나도 같이 흙을 옮겨야 우즈벡 장정이 일을 할 수 있을 것 같아 혼신의 힘을 다해 흙을 옮겼다.

점심을 먹고 나서

"우리 열 번만 더 옮기자!"라며 손가락으로 열이란 의미를 알려주며 "돈을 더 주겠다! 두 부인과 아들딸들을 생각해서 힘이 들더라도 해야 한다!"라고 달래니 용기를 내어 일을 계속한다. 시간 반 정도가 지났을까 어깨가 아파 더 못하겠다는 말을 들은 교수님께서 파스를 사서 저녁에 붙이라고 돈을 쥐여 주니 다시 일을 시작한다.

교수님께서는 죽은 소나무로 둑을 만들고 낙엽을 모아 화단 바닥에 펼쳐놓아, 거름이 되도록 하는 수고를 하셨다. 어느덧 오후 3시가 지났다. 교수님께서 수고 많이 했다며 그만하자고 하신다. 흙을 더 많이 옮겼으면 하는 욕심에 아쉬움이 남지만, 내년에 꽃들이 아름답게 만발한 화단을 생각하며 마무리하기로 했다.

교수님은 44년 전 대학 시절 은사님이시다. 교수님과 나는 남다른 인연이 있었다. 가정형편이 어려워 주말이면 공사 현장에서 일하며 자취한다는 것을 아시고 동문을 찾아가 장학금을 받을 수 있도록 해주셨다. 또한, 실험실에서 직접 키워오신 벌통을 열어 벌꿀을 직접 원심 분리기로 채취하여 식빵과 함께 먹을 수 있게도 하셨다. 가슴 벅찬 교수님의 사랑에 눈시울이 붉었었다. 교수님께서는 이토록 제자 사랑을 많이 하시고, 아끼시고, 정열적이셨다.

그때의 장학금은 얼마나 소중하고 큰 도움이 되었는지 지금 생각해도 가슴이 뭉클해진다.

'꽃은 침묵의 언어를 가지고 사랑을 말하고 꿈을 말하며 사람들의 마음을 아름답게 해준다'라는 멋진 표현이 있다. 내년 봄이 되면 산수유꽃이 노랗게 피어, 신율봉산 공원을 찾는 모든 사람의 마음을 즐겁게 할 것이란 생각과 봄에 꽃씨를 뿌리고 꽃모종을 심어 벌과 나비가 찾아 드는 화단을 상상하니 오늘 하루의 피곤함도 모두 사라지는 것 같다. 교수님의 은혜에 조금이라도 보답하는 것 같아 마음이 한결 가볍다. 보람 있는 하루였다.

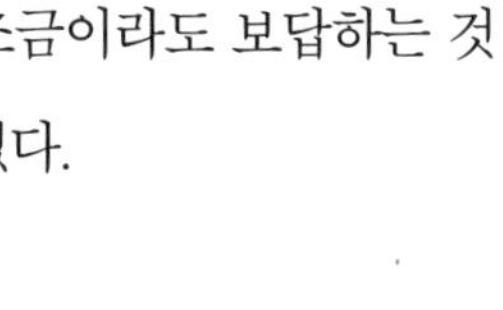

선재길

가을이면 오대산 단풍을 즐겨 찾는다. 쉰한 살에 열흘간 병원에 입원하고 나서 산을 자주 찾아 건강을 회복하게 되었는데 사 년 전 일이다. 여명이 트기 전에 밥을 먹는 둥 마는 둥 도시락을 챙겨 배낭을 메고 허둥지둥 서둘렀다. 다른 때 보다 한 시간을 먼저 출발한단다. 그래야 많은 산객을 앞서 자연의 아름다운 경치를 더 많이 즐길 수가 있기 때문이다.

진고개에서 동대산을 넘어 상원사를 가는 팀과 상원사에서 오대산 정상을 다녀오는 두 팀으로 나누어 산행하기로 하였는데 나는 고대하던 깨달음과 치유의 천년 옛길 '선재길'을 걷기 위해 월정사 입구에서 혼자 하차했다.

월정사에서 상원사까지는 9.3 킬로미터 유유자적하며 월정사를 구석구석 돌아보고 차 한 잔의 여유를 가져도 될 시간이라 마음이 한가롭다.

'월정대가람月精大伽藍' 절의 입구를 알리는 일주문이다 탄허 스님이 서법에 매이지 않고 심의心意대로 쓴 선필행초仙筆行草, 순간 걸음을 멈추게 한다. 서법을 중요시해서 서예를 공부했는데 너무나 자유분방하면서도 예술성이 뛰어나다.

일주문은 모든 중생이 자유롭게 드나들라는 의미에서 문을 달지 않았고 기둥을 일직선상으로 세워 현판을 달았다는 것을 처음 알았다. 천년의 전나무숲길은 사색의 길이다. 이 길에 들어서면 누구나 속세의 상념을 잊고 편안함에 빠져든다.

싱그러움과 부드럽게 우거진 숲의 터널에 들어서니 마침내 선계仙界에 들어온 것일까? 지난날의 잘못과 모든 죄악을 씻어 줄 것만 같고, 착하게 살아야 할 것 같은 의무감마저 든다.

혼자만이 느낄 수 있는 그 무엇의 홀가분함, 속세를 떠나 신선이 되어 몸과 마음의 병이 치유되는 것 같다. 곳곳에 설치미술이 재치 있고 조화롭게 배치되어 지루할 틈이 없다.

다섯 봉우리가 연꽃무늬를 만든다는 오대산 깊은 곳에 자리 잡고 전나무가 하늘에 닿을 듯 울창한 삼림森林 속에 동대산 만월대로 떠오르는 달이 너무 아름다워 월정사月精寺라 했단다.

적광전寂光殿과 팔각구층석탑 그리고 석조보살좌상이 먼저 눈에 들어온다. 석탑의 아랫부분은 돌로 윗부분은 금동으로 만들어졌는데 탑의 여덟 곳의 귀퉁이마다 풍경이 달린 모습은 처음이다.

'먼 데서 바람 불어와 풍경 소리 들리면 보고 싶은 내 마음이 찾아간 줄 알아라.'라는 시 구절이 생각난다.

두 손을 마주하며 쉼 없이 석탑을 돌고 있는 어르신과 어린아이를 등에 업고 두 손 모아 기도하는 여인네의 애틋한 소원은 무엇일까? 중생들에게 지혜와 생명 치유의 샘물이 넘쳐 구원되기를 나도 마음속으로 기도해본다.

석조보살좌상은 복제품으로 진품은 월정사 성보 박물관에 고이 모셔 있단다. 하지만 박물관 앞의 줄을 서 있는 인파가 너무 많아 진품과 박물관의 문화재를 모두 관람하지 못한 것이 못내 아쉽다.

오대천을 따라 오르는 길, 맑은 물에 비친 만산홍엽은 희고 고운 구름 속에 한 폭의 수채화 병풍이다. 마음을 열어 고운 향기를 바람에 실려 전해주던 고운 단풍잎은 이제 고단함에 쉬어가려는지 한잎 두잎 춤을 추듯 내려놓는다.

작은 물고기들은 녹아든 단풍잎 사이로 고향의 품 안에서 안식을 찾듯 포옹을 하고 있다. 오르막길은 평지나 다름이 없는데 다람쥐가 슬금슬금 눈치를 준다. 과일 하나라도 얻어볼 속셈인데 야생에서 잘 살아갈 수 있도록 우리 모두,

'냉정하게 먹을 것을 주어서는 안 된다.라는 것을 알고 있다.

맑은 물이 노래하는 너럭바위에 앉아 시詩 한 수를 읊고 싶은 충동을 느껴 보지만 시상詩想이 잘 떠오르지 않는다. 오대천의 바위 위에는 산행객들의 소원을 비는 돌탑들이 장관을 이루는데 따사로운 햇볕은 포근히 이들을 어루만져주고 있다.

만추로 익어가는 계절, 나무들은 겨울을 나기 위해 최소한의 수분을 남겨놓고 아래로 아래로 가을 여정에 동행한다. 여울의 물소리는 야성을 드러내면서도 평평해지면 고요히 모든 것을 포용하여 다툼이 없다.

"왕의 옥체를 보았다고 말하지 말라."는 말에 "문수보살을 보았다는 말을 하지 말라!"며 떠났다는 세조와 동자의 설화가 정겹게 소개되어 있고, 가끔 심심찮게 만나는 징검다리 그리고 섶다리는 운치를 더해준다. 과거에 물을 가둬 벌목한 나무들을 모았다가 물과 함께 하류로 흘려보냈다는 보메기는 흔적만 남아 지금은 계곡의 아름다움에 일조하는 멋진 풍경이 되었지만 일제 강점기에는 오대산의 크고 아름다운 나무들을 수탈해 가기 위해 제재소도 있

었다고 하니 화가 치민다.

화전민이 살았던 귀틀집과 숯 가마터도 전시용으로 만들어 놓고 곳곳에 전망대를 만들어 놓아 다시 찾고 싶은 마음이 들도록 해놓았다.

상원사에 가까워지자 자작나무와 사스래나무 그리고 처음 보는 거제수나무들이 눈에 들어오는데 모두 껍질이 종이처럼 하얗게 벗겨지고 얇아서 신라 시대의 고분 속에서 글자를 새겨 놓은 것이 발견되기도 했단다. 이곳이 거제수나무 쉼터인데 고맙게도 설명서에 자세히 비교해서 적혀있다. 아낌없이 주는 자연에 감사함을 느끼는 순간 어느덧 상원사에 도착했다.

상원사의 종은 '주악천인상奏樂天人像' 하늘을 날며 악기를 연주하는 여인상을 생동감 있게 새겨 놓은 범종으로 국보 36호이기도 하지만 현존 가장 오래된 작품이라서 접근을 불허해 조금 떨어져서라도 볼 수 있음에 위안을 삼고 경내를 두루 돌아보았다. 산우들을 기다리는 여유에 차 한잔을 마시니 마음이 따뜻해져 온다.

만물이 소생하는 봄이 오면 월정사의 성보 박물관을 꼭 방문하고, 꽃의 향연이 펼쳐지는 천년 옛길을 다시 한번 나 홀로 조용히 걷고 싶다.

3부

아버지의 눈물

오세암이 내려다보이는 만경대에 오르니 구름은 대청봉을 오르내리고 용아장성은 고운 단풍으로 한 폭의 수채화다.

오세암에 도착하니 경건하게 울려 퍼지는 목탁 소리와 그윽한 풍경소리는 정겹게 모두를 반긴다. 청정한 바람은 옷깃에 스며들어 땀을 훔치고 한 사발의 약수는 속세의 모든 시름을 한순간에 녹아 내려준다.

- 〈오세암〉 중에서

어머니의 바다

해가 질 무렵 간월도를 찾았다. 간월암에 오르니 바다가 한눈에 들어온다. 바다 내음이 상쾌하다. 청량한 파도가 밀려온다. 해는 어느덧 서산으로 기울고 물안개가 피어오르니 한 폭의 몽환적 산수화다. 붉게 물들어 가는 석양의 바다를 바라보니 어릴 적 어머니와 게를 잡고, 바지락을 캐던 생각에 가슴이 뭉클해진다. 바다는 모든 것을 다 내어준다. 흔한 게는 물론이고 낙지, 망둥어, 해삼, 바지락, 소라 등을 잡는데 배고픔도 시간 가는 줄도 모른다.

바다는 덕을 지녔다. 주기만 할 뿐 아무것도 바라지 않는다. 때로는 우리 서민들의 고달픈 삶을 위로해주는 안식처이다. 논 한

평 밭 한 평 없어도 부지런만 하면 생활을 할 수가 있다. 모든 것을 내어주는 은혜로운 바다가 있기 때문이다. 지평선 저 너머 희망의 바다 물결이 밀려오면 마음도 따스해져 온다.

어머니는 논과 밭이 있다고 해도 가을이 되어야 수확을 하게 되니 고모나 형 동생들의 등록금과 학비를 마련하기 위해서 여름에는 게를 잡아 시장에 내다 팔고, 농한기인 겨울이면 바지락을 캐어 학비를 마련하셨다. 여름이나 겨울의 바닷가는 우리가 생각하는 더위나 추위보다 훨씬 더 덮고 춥다. 여름의 바다는 물속이나 물 가까이 있어야 시원하다.

갯벌 위는 뜨거운 태양의 복사열에 숨이 막힐 지경이다. 옷은 뻘과 땀으로 범벅이 되고, 거기에 바다의 모기 깔따구는 왜 그리 덤비는지 야속할 정도다. 겨울 바다의 날씨는 육지에서 바다에 들어서면 칼바람이 온몸을 엄습해온다. 육지로 얼른 다시 나오고 싶을 정도로 체감 온도가 낮아 정신이 번쩍 든다.

어머니는 바닷물이 조금 나간다고 해서 조금이라는 날을 제외하곤 사리때는 동네 어머니들과 변함없이 바다로 향하셨다. 사리는 바닷물이 가장 많이 나갈 때를 말하는데 해산물을 채취할 수 있는 시간이 그만큼 많다.

수 없이 호미질하여 바지락을 채취, 시장에 내다 파시는 어머님의 표정은 늘 엄숙하시다. 어머니의 모습을 보면 무언으로

"열심히 공부를 하거라! 훌륭한 사람이 되어야 한다!"라고 늘 말씀하시는 것 같았다. 어머님의 기대에 부응하기 위해 열심히 공부할 수밖에 없었다.

바다 게는 어릴 적 배가 고팠던 시절에 서민들의 애환이 서린 서해안 바닷가 인근의 갯벌 생물이자 향토 반찬거리다. 돈을 주고 살 수 있는 형편이 되지 않아 발품을 팔아 굶주린 배를 달래주던 애틋한 바닷가 삶들에 추억어린 먹거리이다.

어머니는 마음을 단단히 부여잡고 이십여 리의 먼 길을 마다하지 않고 바다로 향했다. 점심은 주먹밥에 반찬이라야 열무김치에 고추장이 전부였다. 허기가 지면 물로 배를 채우고, 뜨거운 땡볕 아래 장화도 없이 맨발에 손으로 게 구멍을 찾는다.

능쟁이(칠게)와 황발이(농게)를 주로 잡았는데 능쟁이가 잡기도 쉽고 껍질이 부드러워 먹기도 좋다. 하지만 황발이는 큰 발을 가지고 있어 물리면 생각보다 깜짝 놀랄 정도로 아프고 피가 흐르기도 한다. 껍질이 단단하여 먹기는 불편하지만 나름 맛이 좋아 가격이 비싼 편이다. 크고 실한 것은 시장에 내다 팔아 생활비와 학비를 마련하시고 나머지는 간장을 가마솥에 끓여 게장을 담그셨

다. 고기 구경을 제대로 못 하는 배고픔을 게장으로 대신 하였는데 소고기 못지않게 맛이 있어 지금도 게장을 즐겨 게장을 파는 음식집을 찾는다.

어릴 적 나도 어머님을 따라나서서 많이 잡지는 못해도 잔심부름을 곧잘 하곤 했다. 갯벌에 다니기란 쉽지 않았다. 다리가 뻘에 빠져 넘어지기도 하고, 게와의 사투로 온몸은 뻘이 묻어 흙강아지로 변했다. 손등과 팔, 그리고 다리에는 조개 껍질이나 굴 껍질에 생채기가 나고, 밀물이 소리 없이 다가오면 비로소 끝이 난다. 한 번은 바닷물이 들어오는 줄도 모르고 조금이라도 더 잡으려고 욕심을 부리다 큰 곤욕을 치렀다는 이야기를 어머니께 들었다.

바다에서의 상처는 신기하게도 이삼일이 지나면 낫는다. 아마도 소금 성분의 갯벌이 상처를 치유해주나 보다. 어머니는 갯벌과 온종일 씨름을 하고 어둠이 내려앉은 저녁이 되어서야 돌아와 달빛 창가에 등잔불을 밝히고 밥상을 차려 가족들의 허기를 달래주곤 하셨다.

무서리 내리고 시냇물은 모락모락 물안개를 피워내는 날이 오면 배추와 무우로 김장을 하여 겨울 양식을 준비한다. 내가 어릴 적에 어머니는 김치 담그는 날이면 으레 게국지를 같이 담그셨다. 열세 식구의 대가족이 겨울을 나려면 곡식은 물론이지만 바다에서 잡은 해산물은 소중했다. 커다란 옹기 여러 개에 가진 양념 재료가 골고루 들어간 게국지는 봄나물이 나올 무렵까지 김장 김치와 함께 없어서는 안 되는 겨울 먹거리였다.

게국지는 겨울내내 고기를 대신해서 단백질 섭취를 할 수 있어서 좋았다. 먹을 때는 국을 끓여 먹는데 꼭 쌀 뜨물을 넣었다. 그러면 더욱 담백하고 시원해진다. 입고 있는 옷이 초라하다고 해서 마음도 초라할 거라고 쉽게 판단해서는 안 되는 것처럼 볼품은 없어도 진하게 끓여낸 게국지 특유의 맛과 향이 피어오르면 깊은 감명을 준다.

한겨울 농한기가 되면 비료 포대를 머리에 이고 바다로 향한다. 십여 명의 동네 어머니들은 전쟁터에 나가는 것처럼 단단히 채비한다. 바다로 향할 때는 한 푼이라도 절약하기 위해 걷고, 집에 올 때는 대부분 버스를 타고 오는데 플라스틱 그릇이 없던 때라 비료 포대가 최고였다. 비료 포대가 찢어져 물이 흘러나오기라도 하면 버스를 태워주지 않았다. 집에 올 때도 한 푼이라도 아끼려고 무거운 바지락을 머리에 이고 오는 어머니들도 계시는데 꼭 두 명씩 짝을 이뤄 다닌다. 쉬어야 할 때 서로 거들어 주고, 말동무가 되어 무료함을 달래주기 위함이다.

평소 마을 분들은 다정하다. 그러나 바다의 뻘에서 만나게 되면 시샘한다. 바다 갯벌에 도착하면. 하나라도 더 잡으려는 어머니의 호미는 춤을 춘다. 덩달아 나의 손길도 바빠진다. 평소에는 이웃 사촌으로 친하게 지내지만, 바다에 들어서면 경쟁자다. 추운 줄도, 힘든 줄도 모른다. 배고픈 설움, 배우지 못한 설움을 자식들에게 물려 주지 않으려는 일념으로 허리가 휘고 팔이 부서져라 호미질을 하신다.

석양이지는 노을 앞에서 간월항 방파제 끝에 등대의 불빛이 깜박인다. 저 등대는 어부들의 등대지만 지금 생각하니 내 인생의 등대임을 깨달았다. 저 등대는 내 어머니시다. 나라 잃은 설움과 전쟁의 소용돌이 속에 가장 힘들게 사셨던 부모님! 내가 대학에 합격했을 때 그토록 좋아하셨던 어머니! 겨울철 김장 김치를 볼 때마다 게국지가 생각나고, 게장과 바지락 칼국수를 먹으려 하면 어머니 생각에 목이 메여 젓가락만 든 채 눈시울을 붉힌 적이 한두 번이 아니다. 허전한 마음과 그리움이 밀물처럼 파고들어 생전에 좀 더 잘해드리지 못했던 기억만이 떠올라 가슴이 미어진다.

석양이 물든 바닷가 백사장을 조용히 걸어본다. 파도가 밀려와 하얀 포말은 발길에 머문다. 내 삶의 번뇌와 고통을 저 파도에 실려 보내고 싶다. 조개 껍질 하나가 반짝인다. 석양빛에 오색이 찬연하다. 나도 이제 몇 달 후면 고희를 맞는다. 내 인생이 오색 찬란한 훌륭한 삶은 아닐지라도 부끄러운 삶을 살아오지는 않았는지 망망한 바다를 바라보며 나의 흐트러진 마음을 추슬러 본다.

바다의 냄새가 난다. 어머니의 향기가 난다. 나의 나태함을 일깨워준다. 석양의 아련한 빛이 나의 가슴에 와닿는다. 석양이 지는 바다를 사랑한다.

장수상회

"늦어서 들어가지 못하면 환불이 될까? 조금 더 서둘러 일찍 출발할걸"

아내는 조바심이 났는지 혼잣말을 한다. 수백 명이 한곳으로 그것도 퇴근 시간에 모여드니 평소보다 많이 혼잡하다.

몇 주 전 시내 전봇대에 '장수상회'라는 연극공연의 플래카드가 걸려 있었다. 큰딸은 근무 중이라 육아 중인 둘째 딸에게 예매를 부탁했었다. 칠십 평생 돈을 주고 연극을 보기는 처음이다. 아내는 '큰돈(?)을 주면서 꼭 봐야겠느냐!'느니

'여태껏 연극을 안 보고도 잘 지내왔는데.'라며 못마땅한 표정이다.

연극은 돈 많고 시간 많은 부유층 사람들의 전유물로 생각해왔다. 아내는 새벽 5시가 되면 가게로 출근한다. 벌써 17년째다. 결혼 후 고생을 많이 해서일까 절약이 몸에 배어있다. 그러니 한 시간 사십 분을 하는 연극의 관람료가 비싸다고 생각하는 건 당연한지도 모른다.

청주 예술의 전당에 도착하니 관람 시작 십이 분 전이다. 안도의 숨을 내쉬고 지정 좌석을 찾아 들어가니 조금은 설렌다. TV로만 보던 중견 배우를 직접 보는 것도 그렇지만 음향 시설이라든지 연극을 하는 배우들의 표정, 대사를 직접 접하니 색다른 멋이 있고 신선해서 좋다. 이래서 연극을 보러 오나 보다. 주변을 둘러보니 나이 드신 부모님을 모시고 가족 단위로 많이 온 것 같다.

연극 내용은 치매에 걸린 남편을 어떻게 하든 기억을 되찾게 하려고 아들, 딸과 함께 혼신을 다해서 노력하는데도 불구하고 남편은 아내는 물론 자식도 몰라보고 급기야 자기 이름도 모른 채 늙어가고, 아내는 불치병에 언제 죽을지도 모르는 상황 속에 처한 가족들이 겪는 삶의 이야기다.

'생로병사' 누구나 겪어야 하는 인생길이다. 옆에 있는 아내의 옆모습을 보니 어딘가 쓸쓸해 보인다. 결혼해서 월세 6년 만에 아파트 13평으로 이사했을 때 사흘 동안 집들이를 하면서 너무 좋아했었다. 새색시같이 고왔던 얼굴은 어느새 할머니가 되어 눈과 입가에 잔주름이 생기고, 머리카락은 백발이 되었다. 마음속 깊이 미안함에 쓸쓸함이 밀려온다.

연극이 끝나고 현수막 앞에서 다정하게 포즈를 취했다. 부모님을 모시고 연극을 보러온 여인이 우리 부부의 모습을 손전화에 담으면서 "정말 행복해 보이시네요. 사진 잘 나온 것 같아요."라며 빙그레 웃는다. 딸들에게 사진을 전송하니 카톡 새가 예술의 전당 주차장을 요란하게 울어 댄다.

오늘날 산업화 시대에, 핵가족에, 우리가 지금 겪고 있는 사회의 한 단면의 모습이며 앞으로 나도, 아내도, 겪을지 모르는 감당하기 어려운 병이다. 며느리가 차려 준 밥상을 금방 먹고도 "우리 며느리가 밥을 주지 않아 배가 고프다."라고 이웃들에게 말할 수 있던 시대는 먼 옛날이야기가 되어 버린 지 오래다.

이때만 해도 2대, 3대 가족이 함께 살았으니 이런 이야기가 있을 수 있었으나 지금은 핵가족 시대가 아닌가! 자식을 출가시키면 나와 아내 이외에는 모두가 타인이 되어 버린 안타까운 세상이다.

연극을 보고 난 후 아내는 연극 이야기를 자주 꺼낸다.

"몸이 늙으니 마음도 약해져서 치매라도 걸리면 어떻게 하지, 나 자신의 이름도 기억나지 않으면…"

나는 아내의 손을 꼬옥 잡아주며

"우리 건강하고 행복하게 살아갑시다." 아내는 어느새 머리를 내 어깨에 기대고 잠들어 있다.

앞만 보고 달려온 인생길이었다. 잠시 뒤돌아보면서 여생을 어떻게 해야 건강을 잘 유지하며 행복하게 살아가는 것인가를 곰곰이 생각해본다.

아버지의 눈물

장맛비가 쉬지 않고 내린다. 뉴스에 많은 비로 인명피해와 농경지가 물에 잠겨 농민들이 깊은 시름에 잠겨 있는 모습이 연일 방송 되고 있다. 이렇게 비가 많이 오는 날이나, 비가 오랫동안 오지 않으면 노심초사하시던 아버지의 모습이 눈에 선하다.

40여 년 전이다. 겨울 방학이 되어 마을 초입에 도착하니, 동네 어르신이 "빨리 집에 가보게, 아버지가 많이 다쳐서 누워 계시네" 한다. 나는 깜짝 놀라 정신없이 뛰어 안방에 들어가니, 아버지는 제 손을 꼭 잡으시고는 고개를 돌려 말없이 눈물을 흘리신다. 어머니께서 하시는 말씀이 "소 마차에 벼를 싣고 방아를 찧으러 가다가 눈길에 미끄러져 바퀴에 크게 다치셔서 서울에 있는 병원에서 한 달 넘게 치료받으시고 엊그제 집에 오셨다."라고 말씀하신다. "아버지께서 학교 공부에 지장을 주면 안 되니, 알리지 말라"고 하셨단다. 나는 눈물이 앞을 가리고 목메어 울음조차 나오질 않는다. 아버지의 이토록 깊으신 사랑에 뭐라 위로의 말씀도 드릴 수가 없었다.

아! 아버지의 사랑이 이렇게 깊으신 줄 몰랐다. 아버지는 이제껏 눈물을 보이지 않으셨다. 증조할아버지가 돌아가시고, 할아버지 할머니가 돌아가셨어도 겉으로는 눈물을 보이지 않으셨다. 가장으로써 어깨에 지워진 삶의 무게가 너무 버거워 고달프고 외로워서 아무도 없는 곳에서 혼자서 우셨다. 어머니는 아버지가 힘이 드시거나 어려운 일이 있으면 슬그머니 집을 나서 할머니, 할아버지 산소를 다녀오시곤 했는데, 눈가에는 눈물 자국이 남아 있고, 눈은 퉁퉁 부어 있었다고 하셨다. 울어도 아무에게도 눈물을 보이지 않으셨다. 속으로만, 가슴으로만 우셨다. 아버지는 슬퍼도 울지 않는 줄 알았다.

병상에서의 그 고통 어떠하셨을까! 지금 생각해도 가슴이 아련하고 눈물이 핑 돈다. 그 큰 고통을 오직 사랑하는 가족들이 있었기에 이겨내셨으리라. 어머니는 "아버지가 돌아가시는 줄 알았는데 기적이 일어났다."라고 말씀하셨다. 얼마나 고통이 크시고, 자식들이 보고 싶고, 외롭고, 괴로우며, 슬프셨을까!

병원에서 치료를 더 받으셔야 하는데, 다음 학기의 등록금을 생각해서 퇴원하셨다는 어머니의 말씀에 또 한 번 나의 가슴은 미어져 오고, 눈물이 앞을 가린다. 어머니도 대, 소변을 받아내시느라 고생이 이만저만이 아니시다. 어머니께서도 무릎과 허리가 매우 아프신데도 아프단 말씀도 못 하시고 병간호하시느라 마음고생이 얼마나 크셨을까.

아버지는 평소에 호랑이 아버지라고 소문이 나 있었다. 친구들이 우리 집에 놀러 오면 "세현이 일하고 있으니 너희들도 집에 가서 일하거라" 하시며 돌려보내곤 했다. 삼촌이나 고모 친구들도 마찬가지였다.

14살에 집안의 가장이 되어 머슴살이하시면서 냉방에 주무시다 해수병에 걸리시어 돌아가실 때까지 기침하시느라 고생을 하셨다. 온갖 역경을 이겨내시느라 얼마나 많은 고생을 하시고, 외로우셨을까! 아버지는 혼자서 가슴으로만 우시며 외로움을 삼키셨으리라. 아버지는 힘이 드셔도, 아프셔도 약한 모습을 절대 보이지 않으셨다.

열세 식구의 가장으로서 묵묵히 밤낮으로 일만 하시다 이순耳順을 4년 앞두고 세상을 하직하셨다. 자식 된 도리를 제대로 한번 못해 드렸는데, 아버지 "고맙습니다", "사랑합니다."라는 말도 못해 드렸는데, 아버지는 우리 가족의 곁을 너무 일찍 허무하게 영원히 떠나셨다.

이제 고희가 되니 조금씩 아파져 온다. 가끔 외로우면 고향 하늘의 별도, 달도 바라보게 된다. 이제야 아버지 어머니의 마음을 조금은 알 것 같다. 생전에 좀 더 잘해드리지 못해 정말 죄송하다. 두 손 모아 용서를 빈다. 비가 오는 날이나 가뭄이 오래 지속될 때면 부모님 생각이 많이 난다.

아버지 어머니 너무 보고 싶다.

전통시장

'전통시장' 하면 우리의 마음속에 정감이 가고 미소를 짓게 한다. 또한, 무언가 허전했던 향수의 텅 빈 가슴을 달래주기도 한다. 어릴 적 부모님과 함께했던 고단했던 삶도 함께 녹아 있다. 오늘은 '내수장날'이다.

이른 아침 복잡을 피해서 집에 차를 세워두고 구경삼아 걸어갔다. 옛날 물건을 파는 좌판坐板에, 어렸을 때 시골집에서나 사용했던 방문이 눈에 들어온다. 단번에 나의 마음을 사로잡는다. 아직 물건을 펼치고 있는 상인에게

"저울은 얼마죠?"

"저기 화로가 멋진데 얼맙니까?"

"이건 방문이네요 이건 얼마예요?"

"이만 원입니다."

방문 가격을 먼저 물으면 비싸게 달랠까 봐 그랬는데 예상외로 싸다. 얼른 돈을 지급하고 손에 들고는 '오늘 횡재했다'고 속으로 쾌재를 부르며 서실書室에 들어섰다.

지난해 청주 예술의 전당 전시실에서 연묵회 회원전을 가졌었다. 그런데 회장님이 '낡아서 볼품없는' 방문房門에 그림을 예쁘게 그려 붙였는데 고풍스런 멋진 작품이었다.

나도 방문을 구해서 멋지게 사군자四君子 매란국죽을 그려보아야겠다고 막연히 생각해왔던 참이었다. 마음을 차분히 가다듬고 그린 사군자를 방문에 붙여 서실 입구에 걸어 놓으니 오가는 사람들 눈을 즐겁게 하고 서예 사랑방의 품격이 느껴지는 듯하다.

내수 읍내의 오일장은 유별나다. 조그만 소도시라서 큰 상점商店이 없어서일까, 장날만 되면 평소의 몇 배의 사람들이 모여들고 거리는 활기를 찾는다. 굳이 필요한 물건이 없어도 시장을 돌아보는 재미는 쏠쏠하다. 전통시장에는 물건을 고르면서 흥정하고 조금이라도 물건값을 깎는 재미와 덤을 얹어주는 훈훈한 인정과 따뜻한 마음이 있어서 좋다.

평소에는 마트에서 잘 포장되고 정찰제인 물건을 사지만 장날이 되면 으레 친 가방을 호주머니에 넣고 시장을 두어 번 돌아보고 눈이 호사한 후 싱싱하고 값이 저렴한 식재료들을 사는 것이 습관처럼 되었다.

회원들과 오일장을 한 바퀴 돌고 있는데

"종자를 심어놓고 달 반은 기다려야 싹을 틔우는 울금하고 생강 팔어유! 궁금증이 심한 사람은 사지 마셔유!"라고 큰소리로 호객을 하고 있다. 회원들은 울금과 생강잎이 어떻게 생겼는지 모르고 재배 방법도 모른다고 몹시 궁금해하신다. 울금과 생강을 한 보따리 사서

"배수가 잘되고 햇볕이 잘 드는 곳에 심되 텃밭이 없으면 커다란 화분에 심으면 됩니다!" 하고 나누어 드렸다. 여름부터 가을까지 울금과 생강 이야기가 장날만 되면 웃음꽃을 피운다.

한 달 전 일이다. 시장을 돌다 보니 베를 짜는 베틀이 눈에 들어온다. 실이 들어가는 구멍을 세어보니 19개다. 어릴 적 할머니께서 베를 짜시던 모습이 눈에 선하다. 그런데 두 개이어야 한 짝인데 하나만 있다.

"짝은 어디 있어요?"하고 물으니 농弄으로 "바람나서 멀리 갔나

봐유!"라고 한다. 가격을 깎아볼 심산으로 "짝이면 사고 싶은데!" 하며 망설이니

"싸게 줄테니 얼른 가져가요. 말만 잘하면 꽁짜요 꽁짜!"라고 한다.

오늘도 횡재했다. 서실 벽에 걸어놓고 붓걸이를 하면, 이 또한 멋스럽지 않겠는가. 내킨 김에 석유 등잔도 하나 구입을 했다. 예스러움에 잘 어울린다. 이 모든 것이 전통시장에서나 볼 수 있는 정겨움이 아니겠는가.

장날이 아니어도 봄, 여름, 가을 직접 농사지은 채소나 곡식 그리고 산나물들을 시장 골목 나무 그늘에 좌판을 펼쳐놓고 파시는 할머니들이 서너 분이 계신다. 까맣게 탄 얼굴에 손은 온통 주름이 지고 허리는 꾸부정한 채 오가는 손님들을 기다리신다.

무료함을 달랠 겸 가끔은 콩도 까고 마늘도 까면서 고단한 삶을 사신다. 이런 모습을 보면 어머니와 할머니 생각에 마음이 울컥해진다. 우리들의 학자금을 마련하시기 위해 할머니는 도토리를 모아 묵을 만드시고 어머님은 시장에 내다 파시던 모습이 눈에 선하다.

'산'을 '뫼'라고 말씀하시던 할머니, 산나물을 뜯어 오셔서 나물의 이름과 맛에 대하여 자세히 알려 주셨었다.

가끔은 속임수를 써서 속이 상할 때가 있다. 물건을 살 때는 분명 팔천 원에 샀다. 세 명이 함께 흥정하고 두 분이 샀는데 한 분이 몸에 맞지 않아 다음 장날 반품하려니 육천 원에 팔았다고 해서 한동안 서운함과 전통시장에 대한 불신이 오래가더란다. 원산지를 속이고, 무게를 속이고, 가격을 속이고, 지금은 신뢰를 많이 쌓았으리라 믿었었다.

상인들과 소비자 모두 정직하게 서로 믿고 거래를 한다면 전통시장에서의 정겨움과 즐거움은 웃음꽃으로 피어나고 전통시장의 활성화는 저절로 이루어지지 않을까 생각을 해본다.

오세암에서

가을 속 예쁜 단풍은 옥색 물빛의 맑은 물속에 자리하고, 그 물길을 머금은 바람은 상큼하다. 순례자나 산객은 깊어가는 가을 정취를 사진에도 담고, 마음속에도 담으며 갈 길을 재촉한다.

크지도 작지도 않은 폭포와 소沼가 기암괴석과 조화를 이루는 때가 묻지 않은 절경의 수렴동 계곡, 보고 또 보아도 태고의 신비로움에 완연한 속세를 떠나 영계靈界에 들어온 것일까!

영시암을 지나 오세암이 내려다보이는 만경대에 오르니 구름은 대청봉을 오르내리고 용아장성은 고운 단풍으로 한 폭의 수채화다. 마등령은 웅장한 자태를 여전히 뽐내고, 구름을 밀어낸 하늘은 청정하여 내설악의 모든 풍경이 한눈에 들어온다. 오세암은 고요히 설악의 품 안에 있다.

드디어 오세암에 도착하니 경건하게 울려 퍼지는 목탁 소리와 그윽한 풍경소리는 정겹게 모두를 반긴다. 청정한 바람은 옷깃에 스며들어 땀을 훔치고 한 사발의 약수는 속세의 모든 시름을 한순간에 녹아 내려준다. 앞은 사자봉이요 뒤에는 칠성 병품 암이다. 매월당과 만해 스님이 삭발 출가한 이곳, 책을 통해 매월당을 알고 만해를 알았을 때 가슴 뭉클한 그 무엇이 나를 며칠 동안 고뇌의 밤을 지새우게 했다.

'일평생 춥게 살아도 향기를 팔지 않는다.'라는 매화와 언제나 변함없이 고독의 밤을 비추는 달로 호를 짓고, 5살에 늙을 노老자로 시를 지으라는 세종의 짓궂은 요청에

'늙은 나무에 꽃이 피었으니 마음만은 늙지 않으셨네요'라고 시를 썼던 그 예쁜 아이는 왜 오세암에서 삭발하고 출가를 했을까?

"세상맛은 여러 갈래지만 나는 그대로 있어,
이 몸은 천지간에 하나의 병신이구나.
산속 서재엔 해가 한낮인데 일도 없이 고요해서,

누운 채로 뱃속에든 일천 권 책을 볕에 말린다네."

매월당의 병중언지1(病中言志1)이다.

매월당에게는 천재라는 뜻의 오세五歲와 논어의 첫 문장 學而時習之 不亦說乎에서 따온 이름 시습時習이 있다.

매월당은 목숨을 걸고, 스님들과 비 오는 밤 충절의 시신을 수습해 노량진에 묻었다. 오늘날의 사육신묘다. 그 뒤로 지조를 팔아 권력을 사고 부귀를 산 무리에게 침을 뱉고, 허망한 마음을 달랠 길 없어 산에서 온종일 시를 쓰다가 방황하고, 통곡하고, 유랑하며, 이백의 장진주 시를 읊으며 술을 마시곤 했단다.

세조를 임금이라 칭하지 않고 오직 단종만이 임금이라는 충정은 오늘날 위정자들에게 시사하는 바가 클 것이다.

'님은 갔습니다. 아아 사랑하는 나의 님은 갔습니다.

아아! 님은 갔지마는 나는 님을 보내지 아니하였습니다.'

모든 이의 사랑을 받는 시 만해 스님의 '님의 침묵'도 오세암에서 쓰였다. 이곳에서 바람에 물건이 떨어지는 소리를 듣고 한순간에 깨달음을 얻어 삭발하고 출가하여 잃어버린 나라의 독립을 위해 헌신하시면서도, 다음과 같은 오도송을 남기셨는데 진리는 덧없는 피안의 세계가 아닌 눈보라 몰아치는 모진 현실 속에서 붉은 꽃과도 같은 굳은 마음으로 찾아야 한다.

나라 잃은 설움이 가슴속으로 북받쳐 올랐으리라. 나라를 다시 찾아야겠다는 일념은 한 편의 시로 승화되어 이천만 겨레의 심금을 울려 독립심을 고취 시키신 스님의 체취를 나는 그리워했다. 오늘 백담사보다 오세암을 먼저 찾은 이유다.

또한 오세암은 정채봉 작가의 동화 '오세암 설화'가 탄생한 곳이기도 하다. 이승을 떠난 아이의 얼굴에는 미소가 피어있었고 남아 있는 스님의 얼굴엔 회한과 눈물이 남아 있던 이곳.

"아이의 순수함이 세상을 밝게 밝혀 주리라."라는 믿음의 기도 속에 나의 손바닥은 어느새 마주하고 있다.

오세암에서의 점심 공양은 산사에서 제공하는 식사로는 처음이었다. 배불리 먹고 안 먹고를 떠나 소중한 경험이다. 이 세상 모든 생명체가 굶주림에서 벗어나야 한다. 불교 신자는 아니지만, 모든 종교의 교리는 '자비'라 생각하며 점심 공양 시주를 하였다.

부처님의 온화한 미소는 우리 모두의 아픔을 씻어주는 것이요, 거룩한 우리 민족의 안녕과 평화를 기원하는 합장은 온 누리에 자비를 베풂이시라.

분단된 우리 산하! 부모 형제가 헤어져 눈물의 아픔으로 살아야 하는 안타까운 현실이 하루속히 통일되기를 염원하며, 마음속 깊이 간절히 기도를 드렸다.

가슴속에 쌓여 있던 삶 속에서 근심의 무게를 조금은 내려놓은 듯하여 마음이 평온해진다. 오세암에 오길 참 잘했다.

매월당과 만해 스님이 만면에 미소 지으며 설법하시는 듯한 오세암의 불경 소리가 멀리까지 울려 퍼진다.

숙연해지며 신선함이 느껴지면서 포근하고 평화로운 행복감에 발길이 떨어지질 않는다.

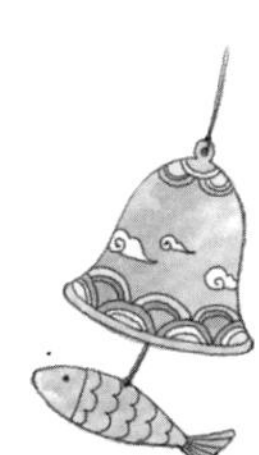

어머니와 옥수수

이른 봄부터 부지런히 작은 텃밭을 일궜다. 그리고는 밭둑에 정성스레 호미로 땅을 고른 후 옥수수 종자를 심었다. 아내는 한곳에 꼭 세 알의 씨앗을 놓고 나는 뒤따르며 흙을 덮는다.

아내가 묻는다.

"왜 한곳에 세 알의 씨앗을 심는지 아슈?"

"한 알은 땅속에 사는 생물에게 주고, 또 한 알은 하늘을 나는 새들에게, 그리고 나머지를 우리 인간이 먹는 거랍니다. 시어머니께서 결혼 첫해 시골에서 시부모님과 같이 농사지을 때 옥시기 씨앗을 심으시면서 말씀하셨던 게 지금도 생생하네요."

처음 듣는 이야기였지만 나중에 싹이 나오는 것을 헤아려 보니 한 대 내지 어쩌다 두 대이다. 어디 옥수수뿐이겠는가? 땅을 고르고 곡식을 심고 뒤돌아보면 어느새 새들이 진수성찬의 만찬을 즐기고 있다. 벌레도 벌레겠지만 영양가 높은 종자도 있으니 어찌 마다하겠는가? 그러니 조금은 번거롭지만, 모종을 사서 심는 것이리라.

유난히도 지난봄에는 가뭄이 심했었다. 다행히도 수돗물을 텃밭까지 배관하여 물 걱정은 덜했으나 퇴비 거름을 주고 물을 이틀에 한 번 주어도 크지는 아니하고 강한 햇빛에 축 늘어져 있으니 안타까울 뿐이었다. 그러다 어느 날 밤새 비가 내렸다. 안도 반 걱정 반 이른 아침 밭에 가보니 이게 웬일인가 싶다. 밤사이 옥수수며 강낭콩 호박 등이 생동감이 넘치고 무척 자란 것처럼 느껴진다. 가뭄 속 단비는 만병통치약일까? 가뭄 끝에 오는 비를 황금비(금우金雨)라고 하지 않았던가! 자연의 섭리에 저절로 머리가 숙어진다.

아내가 텃밭 옆 밭둑에 심었던 옥수수를 잘 익었으리라 생각되는 몇 자루를 수확해왔다. 거실에 바구니 두 개를 준비하고 아내와 나는 열 개의 껍질을 벗기고 나서야 속살이 하얀 옥수수와 옥수수수염을 가지런히 놓을 수 있었다. 수확의 참맛을 느끼고 있다. 차마 먹을 수 없을 것 같다.

"옥수수는 왜 수염이 많이 있지요?"

아내가 예쁜 수염을 신기한 듯 가지런히 정리하며 내게 묻는다. 사실 나는 며칠 전 벼꽃을 닮은 옥수수 수꽃에 꿀벌들이 모여들어 꿀 사냥을 하는 것을 보았다. 그런데 옥수수는 다른 꽃들과는 달리 수꽃에서 삼십 센티 정도 아래에 매달려 있었다. 그리고는 수염을 보듬고 있지 아니한가! 옥수수 한 대에 두 개가 달린 것 중 큰 옥수수를 조심스레 벗겨 보았다. 알 자리에 가느다란 수염이 하나하나에 빠짐없이 연결되어 수꽃의 꽃가루가 꿀벌에 의해서든 바람에 의해서든 수염에 수정이 되면 갈퀴 같은 강한 뿌리로 영양분을 공급하고 잎은 광합성을 부지런히 하여 종족 본능을 이루는 것이리라.

옥수수는 밀 벼와 함께 세계 3대 작물로 순금의 열매라고 하니 놀랍다. 우리에게는 춘궁기가 지나고 수확의 계절 가을이 오기 전에 간식으로, 때로는 식량 대용의 음식으로 없어서는 안 되는 농작물이다.

품종개량으로 크고 맛 좋은 강원도 찰옥수수와 괴산대학 찰옥수수가 있어 농가 소득은 물론 소비자들에게도 양질의 옥수수를 접할 수 있어서 좋다.

옥수수를 바라보니 오늘따라 어머님이 너무 보고 싶다. 어릴 적, 마당 한켠에 무쇠솥을 걸어놓고 무더위 속에서도 갓 수확한 옥수수를 쪄 주시던 어머님의 모습이 생각난다. 나뭇불에서 나오는 열기에 흐르는 땀조차 훔칠 수가 없어 어찌할 바를 모르시던 어머니, 매운 연기는 왜 그리 어머니에게만 달려드는지 야속하기만 했다.

크고 먹음직한 것은 시장에 내다 팔았다. 2학기 학자금을 마련하시기 위해 옥수수는 물론 호박잎이나 애호박, 가지, 오이 등을 바구니에 담아 머리에 이고 시오리 길을 삼 일에 한 번씩 다니셨다. 우리는 매일 못난이만 먹었다. 하지만 누구 하나 불평불만이 있을 수 없었다.

어머니의 정성과 사랑이 듬뿍 담긴 옥수수 한알 한알이 주린 배를 채웠다. 지금 생각하니 열세 식구의 대가족을 돌보시느라 정녕 제대로 드시지도 못했으리라 생각하니 송구스럽고 죄송한 마음 어찌할 바를 모르겠다.

잘 영근 옥수수를 보니 알이 촘촘하고 윤기가 흐른다. 내 인생도 찰옥수수처럼 옹골지고 알차게 채우며 살아가고 있는가!

하늘에 계신 아버지와 어머니 그리고 아내와 딸들에게 부끄럽지 않은 삶을 살았다고 말할 수 있겠는가? 지금이라도 늦지 않았다. 허울 좋은 가식의 삶으로 포장된 모든 것을 훌훌 벗어던지고 여생餘生이라도 흐트러진 마음 다잡고 더욱 참되고 알차게 살아야 하지 않겠는가! 또한, 따듯한 마음으로 배려와 봉사도 충실히 하면서 살아가야겠다.

푸른솔문학 문학공원

높은 빌딩 숲이 서서히 비켜서고 높은 나무들이 눈앞에 다가온다. 그늘이 드리워진 오솔길을 따라 걷노라면 아득한 시간이 긴 숲으로 흘러 들어간다. 160계단과 마주하고 오르니 팔각정과 벤치며 운동시설이 나를 반긴다. 그리고 남쪽 비탈에 화단이 보이고 어여쁜 꽃들이 나를 반긴다. 신율봉산 공원이다.

지난해 처음으로 신율봉공원에 화단이 있다는 것을 처음 알았다. 수필창작 오후반 수강 시간에 지도 교수님께서 가끔 말씀은 하셨었는데 다양하게 꽃들이 피어있다. 지난해 꽃밭을 조성한 지 삼 년이 되었다며 준비해간 코스모스 십여 그루와 퇴비를 반갑게 맞이해 주신다.

김춘자 회원님과 박영희 회원님께서도 반갑게 맞이하며 책과 책꽂이를 준비해오셨다. 숲속의 도서관을 꾸미기 위해서이다. 코스모스를 심고 물을 주며 잘 자라서 멋진 꽃을 피울 수 있기를 마음속으로 기도해본다.

작년 봄은 유난히 가뭄이 심하였다. 2개월이 넘도록 비가 오지 않았으니 오죽하랴 타들어 가는 논밭은 지하수로라도 물을 댈 수 있으나 공원 정상은 말로 표현하기조차 어렵다. 이식한 코스모스는 가뭄 탓도 있지만 비옥한 땅에서 자라다 메마른 땅에 심어놓으니 매일 물을 주어도 결국은 대부분 고사하였다.

교수님과 사모님은 어떻게 하든 살려보려고 아침저녁으로 160계단을 물병을 들고 오르내리느라 애쓰시다 병을 얻으셨다고 한다. 핑계지만 내수에서 살다 보니 자주 찾을 수 없어 안타까운 마음에 죄를 지은 심정에 죄송하단 말씀도 드리지 못하고 애를 태웠다.

올해 봄에는 어떻게 하든 예쁜 꽃과 꽃나무들을 많이 심을 계획을 세웠으나 코로나19에 재택 치료를 하고 후유증으로 병원에 입원하여 수술을 받았다. 늦봄이 되어서야 미동산수목원에서 가침박달 나무를 분양받고, 산림조합에서 근무하는 친구에게서 영산홍,

철쭉 등을 일부 지원받아 심어놓았다.

또한, 지난해부터 가게 앞 화단에 준비해 두었던 나리, 백합, 다알리아, 체리 세이지, 라일락, 꽃잔디, 금계국 등을 옮겨 심었다.

문학공원을 조성하기 위해 지난해 문의향교에 보관하고 있던 시화 작품을 신율봉산 산책로에 전시하여 문학의 산책길을 만들었다. 만나는 사람마다,

"어디 소속이냐, 정말 고맙다. 훌륭한 일을 하신다."

칭찬이 자자하다. 수필을 배우고자 하는 사람들에게는 관심을 두기에 충분하다는 생각이 든다.

화단에 물을 주기 위해 수도공사를 하였다. 화단까지는 물이 올라오지는 않지만 8부 능선까지는 물이 올라온다. 물을 주기 위해 160계단을 오르내려야 하는 수고로움을 조금이나마 덜었으니 그나마 다행이었다. 하지만 이른 새벽이나 늦은 저녁에야 물을 받을 수 있으니 공원 관리 담당자와 상의하여 가압 모터를 설치하여 언제든지 물을 공급받아야겠다.

화단에 햇빛이 잘 들고 바람이 통하게 가지치기를 두 차례 하였으나 공원 관리자와 협의하여 햇빛이 잘 들게 간벌을 해야 될

것 같다. 지난해 이장희 회원이 국화를 산책길 따라 50여 주를 심었는데 햇빛이 잘 들지 않아 걱정했으나 다행히도 잘 자라고 있어 가을에는 국화꽃을 볼 수 있을 것 같다.

꽃이 피니 새들이 모여든다. 보금자리를 만들어주었다. 교수님 내외분께서 먹이와 물을 주니 새소리가 공원에 가득하여 생동감이 넘친다. 아름다운 꽃들이 해마다 피어나고 꽃씨들이 월동하기 위해서는 수분을 머금은 좋은 흙이 필요하다. 복토를 자주 해 주고 한 달에 한두 번씩 퇴비를 주어 땅 힘을 키워줄 필요가 있다.

지난 4년 동안 교수님과 사모님께서 푸른솔 문학공원을 위해 열정과 온 정성을 다해 기반을 닦아 놓으셨다. 이제는 우리 회원들이 모두 참여하여 푸른솔문학의 발전을 위하여 노력해야 한다. 신율봉공원을 '푸른솔문학공원'으로 개정하고, 푸른솔문학을 기념하는 날을 제정하여 봄, 가을에 한 번씩 수필과 시를 낭송하고 시민 모두와 함께하는 시간을 마련하여 푸른솔 문학을 계승 발전하였으면 하는 바램이다.

사랑방 화원

아침이 밝아오면 반갑게 맞아주는 식구들이 여럿 늘었다. 조금이라도 빨리 보고 싶어 마음은 설레고 발걸음은 빨라진다. 눈 부신 햇살과 따사로운 바람에 잎은 살랑살랑 바람결에 흔들리고 꽃은 활짝 웃으며 반긴다.

봄비가 촉촉이 내린 주말 가게 앞 화분을 정리하면서 아내에게 "채소 대신 예쁜 꽃들과 나무를 더 키우면 좋지 않을까?"라는 내 제의에 길옆은 과수나무나 꽃들로 안쪽은 채소를 심기로 했다.

육 년여 동안 상추며 고추, 생강, 울금 등을 가꾸어 왔었다. 물론 아로니아, 블루베리, 석류, 미선나무, 국화, 베고니아 등도 함께였다.

화분이 팔십여 개가 되다 보니 욕심일까, 매화나무도 심어 그윽한 향도 맡고 싶고 앵두도 심어 빨간 열매가 주저리주저리 매달려 있는 모습도 보고 싶어 꽃눈과 잎눈이 실한 묘목으로 십여 주를 입양했다.

몸살을 잘 이겨내고 예쁜 꽃눈과 속살이 맑은 잎눈은 조심스레 세상 밖으로 나와 우리 부부와 정을 나누기 시작했다. 봄바람에 아직은 뿌리가 약한 나무는 지주대를 세워 붙들어 주고 목마른 나무에는 미리 받아놓은 봄비로 갈증을 해소해주며 아침저녁으로 서로 눈인사를 나눈다.

육 년 전쯤 병원 공사를 하면서 큰 화분 세 개를 얻었다. 아내가 경영하는 가게 앞에 놓고, 고추 모종을 사다 심었었다. 아파트 단지여서 이사를 오가며 버리는 화분을 모으고, 이웃들이 하나둘 가져다준 꽃들과 화분이 모여 화분만으로 된 텃밭과 꽃밭이 되었다.

아내는 21년째 노후대책으로 마련한 아파트 상가에서 조그만 가게를 운영하고 있다. 예전 같으면 손님이 오지 않으면 TV나 책을 보면서 무료함을 달랬었다. 그러다 보니 운동 부족으로 가끔은 다리에 마비가 와서 밤잠을 설치는 모습을 보고 취미생활과

운동을 시작해야 좋을 것 같다는 생각과 동시에 시작되었었다.

가게 앞은 동네 주민들이 뒷동산으로 산책하러 가는 길목이다. 그러다 보니 동네 주민들은 오며 가며 화분에 심겨 있는 나무와 꽃, 채소 들이 싹을 틔우며 꽃이 피고 열매가 맺혀 커가는 모습을 매일 매일 관찰하며 즐기고 있다. 더러는 새 식구의 이름 모를 나무나 꽃을 보면 서로 이름을 물어보고 익혀가며, 자연의 세계로 푹 빠져든다.

소문은 금세 나는 법, 옆 동네 사시는 분들도 일부러 이곳을 들려 산책하러 가곤 하는데 꽃 속에서 벌과 나비들이 꿀을 채취하는 모습을 보면서 정담情談을 나누는 길 위의 작은 화원花園이 되었다. 몸도 건강해야겠지만 이러한 식물들을 보면 마음도 건강해지리라. 한번은 울금을 보고 "웬 칸나를 이렇게 잘 키웠느냐!"라고 해서 웃음꽃을 피웠단다. 울금을 처음 보니 그럴 수도 있겠다 싶어 나도 웃음이 절로 나왔다.

계피 껍질을 화분 위에 올려놓으니 해충들이 냄새를 맡고 접근을 하지 않는다. 농약 대신 말려놓은 쑥을 물에 끓여 식힌 후 적당히 식초를 타서 분무해주면 병충해 예방이 된다. 지난겨울 추위에 약한 석류를 미처 피신시키지 못해 아직도 나목인 채 말없이 서 있는 것을 볼 때마다 가슴이 아프다. 뿌리라도 살아있어 땅속에서 싹이 돋아나길 매일 매일 기도해보지만, 이제는 놓아 주어야 할 때가 된 것 같다.

꽃나무와 과일나무에서 겸손謙遜과 사랑을 배운다. 드넓은 곳에서 마음껏 뿌리를 내리고 가지를 힘차게 뻗고 자라다가 조그만 화분에 갇혀 불편함이 클 텐데도 순응하며 꽃을 피우고 열매를 맺는 꽃 복숭아, 매실, 블루베리 등을 보니 대견하고 감사한 마음이 든다.

시골의 아늑한 아파트라서 그런지 독거노인 어르신들이 많이 기거한다. 외롭고, 고달프고, 힘이 들 때면 채소와 과일나무들이 커가는 모습을 바라보면서 무료함과 외로움을 달랠 겸 이곳을 자주 놀러 오시곤 한다. 아내는 동네 사랑방을 자처하며, 따뜻한 차 한잔을 권해 드리고, 어르신들이 들려주는 삶의 희로애락 정담에 장단을 맞춰드린다.

어여쁘고, 귀엽고, 사랑스럽게 커가는 꽃들과 나무들을 돌보면서 오래도록 웃음 가득 행복하고 건강하게 살아가고 싶다.

목화밭과 일본

인터넷뉴스에 어느 골프장에서 '노 저팬(no Japan)! 일제 자동차는 출입할 수 없다.'라는 기사가 올라와 있다. 반가웠다. 박수를 보낸다. 일본을 며칠 동안 다녀왔지만, 일본에서 한국 차를 한 대도 보질 못했다. 몇 년 사이에 일제 차들이 눈에 띄게 늘었다.

고향 집 동쪽 양지바른 산밑에 밭이 있다. 내가 초등학교 다닐 때까지 목화가 매년 재배되곤 하였다. 밭 바로 위에는 할아버지 산소가 있었다. 아버지께서는 할아버지가 돌아가시고 삼년상을 치르고 나서 우리 형제들에게 할아버지에 대해 말씀해 주셨다. 일제 강점기 북풍한설 몰아치는 한겨울에 아오지 탄광으로 징용되어 평양까지 끌려가셨다. 탄광에서 일하다 죽느니 차라리 만주에

가서 독립운동을 하다 죽겠노라고 한밤중에 탈출을 시도하다 발각되어 모진 고문을 당하시고 기절하셨단다. 왜놈들은 돌아가신 줄 알고 눈이 쌓인 하천에 아무렇게나 유기遺棄했다. 정신을 차려 보니 눈에 반쯤 묻혀 있더란다. 온몸은 상처투성이에 머리에서는 피가 나고 나라 잃은 설움이 더하여 차라리 죽었으면 좋았겠다는 생각이 들더란다.

정신을 가다듬고 이러한 몸으로는 만주로 갈 수가 없어 어떻게든 고향으로 살아서 돌아가야겠다는 일념뿐이었다. 낮에는 산속에서 숨어지내고 밤에는 농가로 내려와 소가 먹는 여물통 속에서 밥알이나 푸성귀를 슬픔의 눈물과 함께 먹고, 여전히 허기진 배를 부여잡고 눈雪과 솔잎으로 배고픔을 달래면서 남으로 남으로 고향을 향했다.

봄이 되자 불행 중 다행이랄까 산나물과 개구리, 칡뿌리가 있어 기운을 차리는 데 조금은 도움이 되었다고 한다. 고향인 서산까지 칠 개월이나 걸렸으니 필사의 기적이었다.

할머니는 할아버지께서 사망하셨다는 소식을 왜군들에게 듣고 황당하고 비통함에 낙심하여 몇 날 며칠을 잠도 못 주무셨다고 한다. 시신 없는 초상 치르면서 나라 잃은 설움의 슬픔이 어떠하셨을까! 아버님은 겨우 14살이었다. 장남으로서 살림을 꾸려야 했다. 나라 빼앗긴 설움에 아버지까지 잃은 설움이 어떠하였을까! 하늘이 무너지는 아픔이었으리라.

할아버지는 고향에 오셨어도 숨어지내야 했다. 왜놈들은 봄이 되어 눈이 녹자 시신을 찾았다. 그러나 시신이 없어진 것을 알고 수시로 집에 찾아와 온 집안을 수색하고 동네 사람들에게는

'보면 신고하라.'

'신고하지 않으면, 벌을 받을거다'라며 엄포를 하곤 하였다.

행여 사람들에게 눈에 뜨일까 봐 낮에는 밭에서 숨어 지내고 밤에는 집에 들어와 몸을 숨기셨다고 한다. 숨어 지내던 밭에는 목화를 심었다. 봄에 목화를 심으면 늦가을까지 자라기 때문에 숨어 지내기가 수월하였다. 또한 목화솜을 바닥에 깔아 냉기를 차단하였다.

할머니는 할아버지가 돌아가시고 나서도 여전히 목화를 심으셨다. 목화밭은 할머니와 할아버지의 인생에 있어 잊히려야 잊히지 않았을 것이다. 목화를 바라보시는 할머니의 눈가에는 어느새 그리움과 슬픔의 눈물이 하염없이 흘러내린다.

두 해가 넘는 목화밭에서의 생활, 가족들의 안타깝고 슬픈 마음

이 어떠하였겠는가! 해방의 기쁨을 어떠한 말로 표현을 할 수 있었겠는가! 애틋한 슬픔이 내 마음을 뭉클하게 한다.

아베 신조 전 일본 총리는 '노 저팬은 없을 것'이라고 장담했다. 어느 때보다 불매운동이 활발하여 어느 정도는 성공했다고 볼 수 있으나 유니클로는 아직 195개 매장에서 60곳만 철수하고 135곳이 아직 영업하고 있다.

우리의 적은 일본이지만 우리 내부에도 있다. 우리나라에서 돈을 벌어 독도를 '다케시마'로 억지 부리는 일본에 후원하는 기업들이 있다. 다이소, 유니클로, 헬로키티, 마일드세븐, 훼미리마트, 세븐일레븐, 소니, 닌텐도, 캐논, 하이테크, 아식스, 등이다. 아무 생각 없이 나혼자만 편하면 그만이라는 생각으로 일제를 선호함으로써 독도 침탈 운동을 해온 일본 기업들에 직접적인 재정 지원을 하는 셈이다.

일본 제품보다 더 좋은 우리나라 제품이 얼마든지 있다. 또다시 일본에 침략을 당하고 노예로 살아서야 되겠는가! 일본은 수없이 침략해온 야만 민족이다. 앞으로 또 침략해오지 않으리라는 보장은 없다. 무역적자가 가장 큰 나라이다. 한 번도 흑자를 낸 적이 없는 나라이다. 일본에는 국산 담배가 전혀 팔리지 않는다고 한다. 그러나 우리나라는 일제 담배가 많이 팔리고 있다고 한다. 국산 담배는 질이 우수해 외국으로 수출을 많이 하고 있는데도 유독 일본은 국산 담배를 선호하지 않는다고 한다. 우리 민족의 자존심 문제이다. 국민성의 문제이다. 세계화 시대에 외국 제품을 사지 말자는 것은 아니다. 아직도, 앞으로도 잘못을 반성할 줄 모르는 일본, 야욕을 숨기지 않는 이웃 나라이다. 그들의 제품은 잘못을 인정하고 반성하지 않는 한 영원히 불매해야 하지 않겠는가!

병실에서

십여 년 전부터 축농증 증상이 있어 병원 갈 때마다,
“수술해야 치료가 됩니다.”를 매번 들었지만 전신 마취에 사흘 동안 입원을 해야 하는 번거로움과 약을 먹으면 큰 불편함을 모르니 그냥 지나쳤었다. 그런데 오미클론에 확진되고 치료를 받아 완치 통보를 받았는데도 오른쪽 코는 여전히 막히고 몹시 불편하다. 심지어 코피가 터져 바지가 온통 피 범벅 이다.

수술하기로 하고 날짜 통보만 기다리고 있는데 갑자기 결정되어 입원하기로 했다. 보호자 면회도 안된다며 아내는 갈아입을 옷들을 챙기면서 볼멘소리를 한다.

나는 '축농증 수술은 수술도 아니라며 걱정하지 말라!'는 말을 들은 체도 하지 않는다. 두 손을 꼭 잡고 기도를 해주는 아내를 위로하며 배낭을 메고 집을 나섰다. 버스를 기다리는 동안 여느 때와는 다르게 눈길이 집에 자주 간다.

오미클론 완치 판정서를 확인하며 CT, X-레이, 혈액검사 등 수술에 필요한 검사를 받고 수술복으로 갈아입고 병실 침대에 누우니 만감이 교차한다. 전신 마취에 하루는 밥 대신 수액으로 지내야 한다는 간호사는 팔에 주사기를 꽂고는 주의 사항을 진지하게 설명한다. TV를 보아도 책을 보아도 눈에, 귀에 들어오질 않는다.

답답한 마음에 병동을 둘러보다 '하늘정원'이란 안내판이 눈에 들어온다. 옥상에 정원을 꾸며 놓아 환자들이 가볍게 산책하며 치유할 수 있게 해놓았다. 하얀 철쭉꽃이 맨 먼저 반겨준다. 병원이어서 그런 걸까? 주로 흰 꽃이 많다. 산사나무와 이름 모를 작지만 귀여운 야생화도 심겨 있다.

5년 전 다섯 명의 퇴임 식수植樹도 있는데 이 또한 '영원한 사랑'이란 꽃말을 가진 흰 꽃 이팝나무다. 이 꽃들의 위로를 받으며 하늘을 보니 많은 별이 반짝인다. 달은 빌딩 숲에 가려서일까 아직 보이지 않는다.

아무도 없는 병원 옥상 정원 벤치에 앉아 지나온 육십 평생을 되돌아본다. 외로움과 쓸쓸함 그리고 그리움이 밀려온다. 오늘따라 유난히 어머님 아버님이 너무 보고 싶다. 우리 오 남매를 애지중지 키웠을 생각을 하니 눈시울이 붉어진다. 자식, 손자 손녀들을 남겨두고 별이 되어 하늘나라로 가실 때 그 심정이 어떠하셨을까?

"이름 말씀해 보세요!"

"생년월일도 말씀해 보세요! 잠들어갑니다."

순간 정신이 몽롱해진다. 아 이런 느낌이 죽어 가는 것인가 보다. 아무 고통도 없이 의식이 희미해진다. 기억이 없다. 실제 죽을 때도 이러할까? 아닐지도 모른다. 병마病魔에 온몸은 지쳐 있을 것이다. 그동안 살아오면서 잘못한 일은 없었는지 앞으로 남은 삶 어떻게 살아야 할 것인가 생각이 많아진다. 우리 부부는 연명치료 거부 신청을 했다. '존엄한 죽음을 받아들여야 한다.' 약물에, 산소호흡기에 의한 연명은 아무 의미가 없다고 생각한다.

눈을 떠보니 병실 침대이다. 아 이제 살았구나! 안도의 긴 한숨이 저절로 나왔다. 아직 잘 보이지도 않고 마취에서 완전히 깨어나지 않았는지 멍하다. 잠시 후 담당 의사가

"수술, 잘되었습니다."라는 말에 안도하며 아내에게 먼저 전화를 걸었다.

'세 시간이 열 시간처럼 지루했다.'라며 반긴다. 이어서 딸, 사위, 외손자들이 앞다투며 카톡으로 쾌유를 비는 인사를 한다.

코를 막아놓아 입으로 숨을 쉬려니 답답하기 그지없다. 잠을 청해도 겨우 한두 시간을 자다가는 깨곤 한다. 그래서일까 간호사가 링거는 잘 들어가는지 이불을 덮어 주며 불편함은 없는지 혈압은 정상인지 수시로 체크를 한다.

밤샘하면서 직업의식과 한 인간으로서 책임과 소임을 다하기는 쉽지 않으리라. 피곤과 졸음이 밀려와도 '나이팅게일의 선서'처럼 순수하고 경건한 사명감과 헌신으로 환자들을 돌보고 있다. 아마 그래서 백의白衣의 천사들이라고 하는가 보다.

환절기만 되면 재발 되어 대화하는 데도 불편이 컸으나 수술을 하고 나니 자신감이 생긴다. 뚜렷한 목소리로 이야기를 할 수 있고 냄새를 제대로 맡을 수 있다. 사람은 누구나 나이 들면서 아픈 곳이 생겨나기 마련이다. 건강을 되찾으니 감사한 마음에 여유롭다.

단재 신채호

해마다 오월이면 '전국 단재 서예대전'이 우리의 고장 청주에서 개최된다. 올해로 25년째를 맞이하고 있다.

"역사를 잊은 민족에게 미래는 없다."

"일제에 머리 못 숙인다."

뻣뻣 세수한 독립운동가요, 민족주의자요, 교육자요, 역사가이면서 언론인으로 살다 가신 단재 신채호 선생의 애국 애족의 숭고한 정신을 기리고 우리나라 서예 문화의 진흥과 우수 작가의 발굴을 위하여 진행하는 전국 규모의 서예대전이다.

선생의 생애는 망국 시대에 모든 것을 바쳐 일제와 싸운 처절한 혁명가의 삶이었다. 오로지 조국 해방을 위해 언론, 문학 등 가능한 모든 수단과 방법을 동원하여 싸웠다. 지난 늦가을에도 참배객이 나 혼자였는데 오늘도 혼자다. 고요함에 적막하여 쓸쓸함이 밀려온다.

청주에 살면서 자주 찾아뵙지 못해 송구스러운 마음에 고개가 절로 숙어지고 마음이 무겁다. 죄송한 마음에 사당을 돌아 먼저 묘소에 참배하였다. 비석은 앞으로 조금 기울어져 있고 봉분은 봄 가뭄 때문인 듯 잔디가 모두 죽어있다. 한편으론 저승에서도 나라 걱정이 많으셔서 봉분의 잔디가 다 죽었는가 싶어 마음이 아프다. 선생의 묘소는 1936년 일제의 눈을 피해 모셔 온 선생의 유골과 부인 박자혜 여사 두 분을 함께 모신 합장묘이다.

신채호 선생과의 2년여의 달콤했을 결혼생활은 경제적인 궁핍함 때문에 박자혜 여사는 국내에 들어왔다. 나라 잃은 설움이 어떠했는지 알 수 있을 것 같다. 극심한 경제적 어려움을 겪으면서 아이들 뒷바라지를 하다가 해방을 두 해 앞두고 가난한 셋방에서 병고로 외롭게 세상을 떠났다.

사당 입구에 신채호 선생의 사적비가 외롭게 서 있고 사당 서쪽에는 책을 읽고 있는 선생과 쪽 찐 머리를 하고 단아하게 서 있는 부인 박자혜 여사의 모습은 두 분의 지고지순한 사랑을 말해주는 듯하다. 백 년을 해로 해야 할 부부가 2년이란 짧은 결혼생활을 해야 했던 기구한 운명을 저승에서는 영원 하라는 뜻인가 동상 뒤에는 두 그루의 소나무가 다정히 서 있다.

사당 안으로 들어서니 검은색 두루마기를 입고 기품있게 앉아 계신 영정 사진이 나를 맞이한다. "부끄러운 조상이 되지 말라"고 당부하는 것 같아 숙연해진다.

틈틈이 시를 지어 마음속 외로움과 슬픔을 달랬으리라. 열세 편의 시를 읽어보면 선생의 애달픈 심정을 잘 알 수 있다. '단재 서예대전'에 십수 년을 출품하며 선생의 시를 자주 접하였다. 먹을 흠뻑 붓에 담아 선생의 시를 쓰노라면 묵향은 저절로 애국심과 민족정신이 전해져 옴을 느꼈었다.

단재 선생은 살아서도, 죽어서도 국적이 없었다. 타계한 지 백 년의 세월이 흘러서야 국적을 회복했다는 사실에 죄송하고 부끄러웠다. 후손들은 물론 독립운동가들과 단재를 존경하고 사랑했던 모든 이들은 얼마나 많은 마음의 고통을 받았을까? 우리는 역사 앞에 참으로 부끄러운 후손들이다. 그러나 해마다 오월이면 '전국 단재 서예대전'을 이십오 년간 이끌어온 자랑스러운 서예인들이 있어 얼마나 다행인가?

단재 기념관에 들러 봉분에 새로운 잔디를 심어 주기를 간청하고 옷깃을 여미며 유허지를 나섰다. 나라 잃은 민족의 설움을 우리 후손들은 결코 잊어서는 안 된다. 동북공정으로 역사를 왜곡하는 중국이나 일제 강점의 잘못을 사과 한마디 없이 독도를 자기네 땅이라 억지를 부리는 일본을 결코 좌시해서는 안 된다. 국민과 협의 없이 위정자들이 정치 논리를 내세워서도 안 된다. 우리 민족의 자존심과 존립의 문제이기 때문이다. 다시는 후손에게 나라를 잃는 부끄러운 조상이 결코 될 수는 없다.

'역사를 잊은 민족에게 미래는 없다.'라는 단재 선생의 가르침과 숭고하고 고결한 선생의 민족정신을 결코 잊어서는 안 되겠다는 다짐을 하고 또 다짐해본다.

해마다 선생의 혼이 서린 시를 묵향에 담아 손글씨 서예의 향기로 선생께 올려야겠다. 후손에게 부끄럽지 않은 조상이 되고 싶다.

겨울 눈꽃 산행

백설이 온 대지 위에 하얗게 수를 놓으면 눈의 향기가 속삭임으로 다가온다. 병풍처럼 펼쳐진 기암괴석과 낙락장송에 눈이 쌓인 은빛 세계, 시간과 공간을 초월한 설화雪花와 상고대가 눈에 선하다. 산행을 시작한 지 십수 년이 되었지만 처음 2년 동안은 추위와 두려움에 겨울 산행을 감히 생각조차 못 했다.

용기를 내어 초보자에게도 너그럽다는 함백산에 도전하기로 했다. 희붐히 밝아오는 이른 새벽 집을 나섰다. 산행 초년생인 나는 잔설을 밟고 숨 가쁘게 비탈길을 오르다 보니 뽀드득뽀드득 소리에 모처럼 귀가 호사를 누린다. 눈이 강추위에 얼어 있어 소리가 유난히 크게 들린다. 어릴 적 친구들과 눈사람을 만들며 신나게 놀던 기억에 힘든 것도 잠시 잊었다.

처음에는 조망이나 별다른 볼거리도, 특색도 없는 조금은 지루한 산길이다. 그러나 비탈길에 이르러서는 쌓인 눈 이 허리까지 차오른 곳도 있다. 아이젠을 착용했어도 미끄러워 몇 번을 넘어졌다. 스틱이 왜 필요한지 느낄 즈음 어느덧 능선에 올라섰다. 하얗게 펼쳐진 설원에 하얀 설화를 머리에 이고 우뚝 서 있는 주목들, 전혀 예상하지 못한 처음 보는 장관에 그만 넋을 잃고 말았다. 이런 설경을 보기 위해 춥고 위험하지만 겨울 산을 찾게 되나 보다. 장엄하고 숭고함이 느껴지며 겸허한 마음을 갖게 한다. 우리 인간은 대자연 앞에 얼마나 나약한 존재인가.

몇백 년 아니 몇천 년은 되었으리라. 주목들은 대부분 반은 살아있고 반은 죽어있다. 우람한 나뭇가지와 속이 텅 빈 줄기에서 세월의 흔적이 느껴지는데 죽어있는 모습도 그 기상이 하늘을 찌를듯하다. 모진 비바람, 북풍한설 눈보라를 모두 이겨 내고 굳건히 삼천리 금수강산을 지켜낸 수호신守護神임에 틀림이 없으리라.

드디어 함백산 정상이다. 몸을 가눌 수가 없다. 바람이 쌓인 눈들을 몰아쳐 눈을 뜰 수도 없다. 체감 온도가 영하 삼십 도는 족히 될 것 같다. 나는 손이 시려 장갑을 낀 채 호주머니에 넣고 추위를 녹여 보는데 산행 선배들은 오랜 경험에 익숙해져서 그런지 이런 추위와 설경을 웃으며 즐기고 있다. 단체 사진을 겨우 찍고 바람을 막아주는 커다란 주목 앞에 섰다. 눈이 너무 많아 앉을 수가 없어 서서 대충 점심을 먹고는 무탈하게 산행을 마칠 수 있기를 소망하며 아쉬움을 뒤로한 채 만항재로 향했다.

구름이 걷히니 가까이 태백산이 보인다. 함백산보다 육 미터나 낮지만, 단군의 아버지인 환웅이 하늘에서 내려와 나라를 세웠다는 산으로 설악산, 오대산, 함백산 등과 함께 태백산맥의 '영산靈山'으로 불린다. 눈꽃과 상고대로 온 산이 화려한 은빛 세계다. 우리 민족의 혼이 서린 신령스러운 산에 손을 흔들어 본다.

만항재 가는 능선길은 잡목과 나목裸木들이 울창한 숲을 이루고, 푸른 하늘에 간간間間이 수묵화를 그려내는 구름이 다가온다. 설화雪花의 관冠이 버거운 듯 노송은 비스듬히 서 있고, 저 멀리 나목들이 상고대의 옷을 입고 화려한 겨울의 천국으로 우리를 맞이한다. 순간 순백의 아름다움에 평온과 희열이 느껴지며 가슴이 벅차오른다.

상고대는 안개나 이슬이 나무에 얼어붙은 것으로 눈꽃하고는 차이가 있다. 일천 미터가 넘는 산이라야 눈꽃과 상고대를 자주 볼 수 있고 또 햇빛이 없어야 볼 수 있다. 상고대는 신기루 같아서 햇빛에 금방 녹아 없어진다. 벌거벗은 나목에 하얀 옷을 입은 상고대는 바람 부는 방향에 따라 가늘고 날카롭게 붙어있다. 영롱하게 빛나는 얼음의 결정체, 신神이 만든 최고의 선물이 아닐까.

산을 오르내릴 때 안전에 더욱 유의하라고 눈보라는 귀뺨을 때리고, 머리카락에 방울방울 땀의 고드름이 달려 걸을 때마다 소리를 내도, 자연은 산을 찾는 모든 이에게 생기生氣를 주고, 채워지지 않는 욕망을 내려놓게 해준다. 그러다 보면 순진무구한 동심으로 돌아가 자연을 사랑하게 되고, 남을 웃길 수 있는 해학과 생기발랄한 청춘이 되어 순수하고 아름다운 삶으로 살아갈 것이다.

겨울 산에 도전하는 것은 용기이다, 새로운 대상과 만남을 통해 사고의 틀을 넓히며 자신에 대한 성찰과 삶의 의미를 깨달아 가는 것이리라. 세상 사람들이 같은 색깔 같은 틀 속에서 갇혀 산다면 변화가 없는 세상, 무슨 맛으로 살 것인가. 자연은 우리 모두의 스승이다. 헝클어진 마음을 씻으려 오늘도 겨울 산을 오른다.

4부

중경 대한민국 임시정부

임시정부는 3·1운동 이후 일제의 강압 통치에 조직적으로 항거하고 잃어버린 나라를 되찾기 위해 설립한 망명정부이다. 1919년 4월 11일 임시 의정원을 구성하고 각도의 대의원 30명이 모여서 임시헌장을 공포하였으며 4월 13일에는 한성 임시정부와 통합해 대한민국 임시정부를 수립하고 선포하였다.

- 〈중경 임시정부를 가다〉 중에서

리장 고성을 가다

중경 대한민국 임시정부

옥룡설산

차마고도

몽골의 쑥부쟁이를 보며

샤프 베르크산

비엔나

블레드

돌로미테

남미 여정의 시작

리장 고성을 가다

티베트고원의 설산이 녹아 흐르는 2,400m의 고원 도시 리장고성麗江古城을 비 내리는 한밤중에 도착했다. 나시족의 전통양식과 현대적 감성이 잘 어우러진 객잔에서 여행의 첫 밤을 편히 잘 보냈다. 백두산이 해발 2,744m이니 상당히 높은 고산도시이다. 미얀마와 라오스를 인접하여 일 년 내내 따뜻한 봄 날씨를 자랑하는데 겨울은 온난하고 여름은 서늘하여 생활하는 데 불편함이 없다고 한다.

여강의 입구에는 고성의 명물인 큰 물레방아인 대수 차가 반긴다. 광장 옆에는 유네스코 세계문화 유산이라는 글이 고풍스러운 흰 벽에 크게 새겨져 있다. 천여 년의 유구한 역사를 지니고 있어 지역 전체가 역사적 가치가 높은 도시인데, 구시가의 건축물은 대부분 목조로 만들어졌으며 대지진이 일어났을 때도 피해를 입지 않고 지금까지 잘 보전되고 있다고 한다. 중국 역사 문화 중 유일하게 성벽이 없는 고성으로 동방의 베니스라고 불린다며 가이드는 인사말과 함께 오늘 관광할 여강을 소개한다.

옥룡설산에서 만년설이 녹아 흐르는 맑은 물은 상산象山 아래에서 세 갈래로 나누어져 마을 안으로 흘러들어와 마을 전체로 흘러 모든 집 앞에 강물이 흐른다. 강물의 가장 위쪽은 마시는 물로, 중간의 물은 밥하는 물로, 가장 아래에 있는 물은 빨래하는 물로 사용하는 규칙이 있어 물을 철저히 잘 관리하는 것 같다. 물이 풍부하니 삶도 풍요로워지고 문명이 발전하고 문화의 꽃을 피우는 것이리라.

낮에는 고성의 거대한 규모와 깨끗함에 놀라고 밤에는 집마다 주렁주렁 달린 홍등紅燈의 몽환적인 분위기에 흠뻑 취하게 된다. 목조로 만들어진 오래된 건물은 잘 보존되어 있고 철저히 관리한다고 한다. 보수를 할 경우 당국의 허가를 받아 옛날 그 방식대로 수리를 해야 하며 현대식으로의 수리는 용납되지 않는다고 한다.

옛 고성의 정취가 아름답게 유지되는 이유이다. 그러니 천년의 세월 속에서도 전혀 퇴색되지 않고 빛을 발하고 있는 것이리라.

해가 중천에 오르니 광장에 소수민족들의 공연이 시작된다. 각자 고유의 의상을 입고 노래와 춤을 추기 시작한다. 관광객들만을 위한 것은 아닌 듯 현지인들도 남녀노소 할 것 없이 모두 모여 즐기고 있다. 모두 만면에 웃음을 띠고 춤을 추는데 우리 일행도 덩달아 춤을 춘다. 나도 서툴지만, 같이 흥을 돋우며 춤사위를 즐겼다. 내 영혼이 춤을 추는 듯 흠뻑 빠져 버렸다. 색다른 묘미를 느끼며 자연 여독도 풀어진다. 여행하다 보면 대개는 비싼 돈을 주고 연극이나 고전 사극을 보게 되는데 오늘 공연은 색달라서 좋았다.

시내를 관람하며 주변을 살펴보니 건물의 간판에 한자와 함께 상형 문자가 쓰여 있는 곳이 상당히 많다. 가이드에게 물으니 동파문자東巴文字라 한다. 나시족이 천년 전부터 사용해온 상형 문자로 나시족의 종교 경전이자 백과사전인 '동파경'에 쓰인 문자로 현재도 쓰이고 있는 단 하나의 상형 문자라고 한다. 고성에는 나시족이 21% 정도 살고 있는데 둥파東巴는 나시어로 '현명한 사람'이라는 뜻이라 한다. 문자 그림이 그려져 있고 색은 주로 빨강색에 청색 노랑색이 주로 많은데 글자 하나하나에 혼이 들어간 걸까

정교하고 참으로 아름답게 그려져 있다. 1960년대까지 중국 정부의 소수민족 억압정책에 의해 사용이 억압되다가 리장麗江을 중심으로 학교 수업 허용을 요구하는 운동이 일어나 1980년대에 받아들여져 동파문자로 쓰인 신문과 30여 권의 서적이 발행되었다며 자부심이 상당하다고 가이드는 목소리를 높인다.

문자는 민족의 혼이다. 문자는 예술이요 영원불멸이다. 이번 여행은 나시족의 오랜 전통과 문화를 접함으로써 문화의 중요성을 더욱 깊게 알게 되었다. 멋진 추억으로 오래도록 소중히 기억될 것 같다.

중경 대한민국 임시정부

파란 하늘에 바람 한 점, 구름 한 점이 없이 맑다. 청명하니 기분 또한 상쾌하다. 8년 전 시월 이맘때쯤 고성과 차마고도의 '호도협' 그리고 옥룡설산의 여행을 마치고 귀국하기 전 대한민국 임시정부의 마지막 청사 중경 임시정부 청사를 방문하였다.

대한민국 임시정부 청사를 방문한다는 소식에 몇 달 전부터 마음이 설레었다. 임시정부는 3·1운동 이후 일제의 강압 통치에 조직적으로 항거하고 잃어버린 나라를 되찾기 위해 설립한 망명정부이다. 1919년 4월 11일 임시 의정원을 구성하고 각도의 대의원 30명이 모여서 임시헌장을 공포하였으며 4월 13일에는 한성 임시정부와 통합해 대한민국 임시정부를 수립하고 선포하였다.

이봉창, 윤봉길 의사의 의거 이후 일제의 감시가 심해지자 항저우, 전장, 창사, 광저우, 루저우, 치장으로 옮겨 다니다가 1940년 중국 국민당 도움받아 중경으로 마지막으로 임시청사를 옮기게 된다.

해방되자 이곳은 여관, 학교, 주택으로 쓰이다가 1990년대 초 중경 재개발 계획으로 철거 위기에 처하게 된다. 이 소식을 들은 건국훈장 독립장을 수상한 '이달'의 장녀 이소심은 한·중 양국 정부에 유적지로 지정 보호해 줄 것을 간절히 호소하였다.

중경 임시정부 청사 가까이 도착하니 일제의 눈을 피하기 위해 중경시 위중구의 작은 골목에 있었다. 중경의 유명 관광지인 해방비가 있는 광장에서 도보로 약 15분 거리로 가까이 있었으나 해방비 부근에는 관광객들로 붐비지만, 중경 임시정부 청사는 한산하다.

입구의 회색 대문 건물에 도착하니 '대한민국 림시정부'라고 흰색의 한글로 크게 쓰여있고 그 밑에 작은 글씨로 한자와 영어로 쓰여있다. 감개무량하다. 고개가 절로 숙여진다. 임시정부 요인들이 이곳에서 광복을 위해 목숨을 걸고 싸웠다고 생각하니 가슴이 뭉클해진다. 청사에 들어서니 눈에 익은 계단이 보인다. 그렇다. 임정 요원들이 해방을 맞아 기념 촬영을 한 곳이다.

계단을 올라 건물 안으로 들어서니 태극기 앞에 김구 주석의 흉상이 있고 옆에는 임정 요원들의 사진이 걸려있다. 우리 일행은 묵념하고 손때가 묻은 책상들과 침대 등을 볼 수 있었다. 자료실에는 여러 가지 사료들이 있는데 당시 임정 요원들의 가족사진에 어머니와 아이들만 다정스레 앉아 찍은 사진이 있다. 정겹게 느껴진다. 일제의 탄압을 피해 상해에서 이곳 중경까지 옮겨 다니던 임정의 유적지를 지도에 표시하여 전시해 놓고, 상해에서 폭탄을 던진 윤봉길 의사와 폭탄을 제조했다는 중국인을 소개하고 있다.

빠짐없이 둘러보고 청사 관리실에 내려오니 관리인이 차茶를 따뜻하게 끓여주며 청사 관리 방법, 운영에 관해서 설명하며 관리하는 데 큰 도움이 된다며 차를 사줄 것을 부탁한다. 우리 일행은 망설임 없이 모두 구매하였다. 마치 독립운동에 동참하는 마음가짐이다.

이곳 청사에서는 독립군을 결성하여 독립을 앞당기고자 하였다. 이때 학도병으로 끌려간 학병 김준엽과 장준하는 일본군 막사에서 탈출하여 서주에서 중경까지 6천 리 대장정의 길을 걸어서 중경 대한민국 임시정부에 도착 광복군이 되었다. 해마다 여름방학이면 구국 장정 6천 리 팀이 결성되어 대학생들이 서주에서 몸소 체험하며 애국심과 민족정신을 고취, 못난 조상이 되지 말아야겠다는 다짐을 한다고 한다.

고난의 가시밭길을 헤치고 목숨을 바쳐 해방한 지 77년이 되었다. 오늘날 일본은 어떠한가! 사과 한마디 없이 독도를 일본 땅이라 억지를 부리고, 손해 배상 판결에 경제보복을 하고 있다. 우리나라는 어떠한가, 일제 불매운동 기간에도 부끄러운 줄도 모르고 일제 옷을 몰래 사서 입고, 일제 차를 사들이고, 우리나라에서 돈을 버는 일본 기업체들이 독도를 다케시마라고 하는 단체에 후원하는 줄 알면서도 나만 편하면 된다는 사고방식을 가지고 있다. 일본은 언젠가 기회가 되면 또 쳐들어올 것이다. 고려 시대부터 지금까지 무려 500여 차례 한반도를 침략해왔다는 기록이 있다. 일본 제품을 사는 것은 침략 자금을 지원하는 것이요 노예로 살기를 자청하는 꼴이다.

김구 선생이나 백야 선생은 일본군에 의해 죽임을 당한 게 아니라 우리 국민에게 피살되셨다. 일본군 앞잡이 노릇을 하고, 독립군 안에서도 밀정 노릇을 하고, 친일행각을 했던 지식인들을 우리는 잊지 않아야 한다. 한 일 합방이 되자 민영환은 국민, 외교사절, 황제에게 보내는 유서 3통을 남기고 칼로 자결하였고, 괴산 출신의 홍범식은 울분을 참지 못하고 39세 나이에 10여 통의 유서를 남기고 선산의 소나무에 목을 매 자살하고 '매천야록'의 저자 황현은 '절명시'를 쓰고 음독 자결하였다.

어렵게 되찾은 나라를 지키기 위해 엄연한 현실을 직시하고 역사에 부끄럽지 않은 삶을 살아야겠다. 또한, 후손에게 못난 조상이 되지 말아야겠다고 다짐을 하며 마지막 중경 대한민국 임시 정부 청사를 나섰다.

옥룡설산

어제 종일 내린 눈에 설렘 반, 걱정 반으로 동트기 전부터 서둘렀다. 옥룡설산은 13개 봉우리에 쌓인 눈이 일 년 내내 녹지 않는 만년설로 덮여있다. 해발 5,596m, 히말라야산맥의 남쪽 줄기로 옥룡설산의 산맥이 마치 은색의 용이 춤을 추는 것 같아 옥룡이란 이름이 붙여졌고 '서유기'에서 손오공이 갇혀 벌을 받았다는 산으로도 전해지고 있다.

옥룡설산은 케이블카를 타고 관광으로 다녀오는 방법이 있으나 우리는 옥주 경천 코스의 대협곡을 다녀오기로 했다. 옥호촌에서 트래킹 신고를 하고 마부와 말을 배정받았다. 마부는 여자들도 있다. 초입부터 전죽림까지 마을에서 말이나 노새를 타고 3시간을 가야 한다. 말마다 마부들이 걸으면서 말몰이를 하고 우리는 말 등에 올라 있기만 하면 되었다. 동이 트니 현지인들이 말을 탄 모습을 찍고 있다. 카페에 올리려나 했더니 저녁에 사진을 나누어주며 2,000원을 받는다.

"돈벌이가 없는 산골에 사진도 찍고 말몰이도 하여 살림에 적지 않은 도움이 된다"라고 가이드는 자랑삼아 이야기한다. 이곳 마을은 돌을 다듬어 집을 지었는데 난방 시설도 없다. 다만 마구간은 집마다 한두 개씩 꼭 있다. 경운기나 트럭이 없으니 농사를 짓고 짐을 나르는데 노새가 큰 몫을 한다고 한다.

한 시간쯤 오르다 소나무와 참나무 아래를 보니 송이버섯과 능이버섯들이 많이 있다. 우리나라 같으면 남아 있겠는가 생각해본다. 비탈길에 도착하니 내려서 걸어가라 한다. 다시 평지가 되니 다시 노새의 도움을 받아 마황패와 독곡을 지나 전죽림을 향해 산을 오른다.

노새의 도움을 받는 것은 두 가지 이유가 있다.

첫째는 고소증세를 미연에 방지하고,

둘째는 체력을 비축하는 데 있다. 말인지 노새인지 구별하기 힘들지만, 해발 3,300고지를 오르니 자꾸만 졸음이 온다. 고산병 증세다. 잘못하면 노새나 말에서 떨어져 사고로 이어질 수 있다. 정신을 집중 또 집중했다.

해가 중천에 떴을 무렵 해발 3,600m의 전죽림에 도착했다. 함석지붕으로 집을 지어 놓은 일종의 대피소 같은 장소로 사오십 명은 대피할 수 있을 것 같다. 여기서 나눠주는 김밥과 사과 하나를 먹고 망설봉을 향했다. 가는 내내 자갈길이다. 두 걸음 걸으면 한 걸음은 밀려 내려간다. 두 명은 중도에 낙오해서 이미 숙소로 내려갔고 추위와 고산병 증세로 더는 버티지 못해 포기하고 하산하는 사람들이 나오기 시작한다. 나도 눈과 자갈이 미끄럽고 추위가 엄습해와 몇 번이고 포기하고 싶은 마음이 간절했다.

뒤돌아서서 산밑을 내려다보면 고소증이 덜하다가도 열 발 짝을 디디면 숨이 가슴까지 차오른다. 동갑내기 회원이 혼자 말처럼 “왜 이 생고생을 하며 산을 오르는지 모르겠네!”라며 나와 눈을 마주치자 멋쩍게 웃는다.

나는 ‘산을 향한 지독한 사랑이 있고, 어찌 보면 산을 정복하는 것이 아니라 나 자신 인내심의 한계점을 극복하기 위해서 산을 오르는 것 아니겠는가. 정상에 오르면 말로는 표현하기 어려운 조망과 성취감이 있기에.’라며 서로 용기를 주면서 목표지점을 향해 최선을 다해본다.

전죽림부터 허가해서 오를 수 있는 설산까지는 왕복 6시간 30분이 걸린다. 만년설은 산봉우리의 눈인지 구름인지 구분조차 되지 않는다. 바위마다 얼음꽃이 피어있고, 눈 속 바위틈에는 고산의 아름다운 꽃 에델바이스가 수줍게 피어있다. 우리나라의 복수꽃을 보는 것 같아 반갑기도 하고 한편으로 애잔한 생각이 든다. 조금 더 힘을 내어 정상을 향해 오르니 길옆에 조그만 얼음 호수가 있다. 호수래야 지름이 겨우 20여m 정도인데 커다란 바위 앞에 한문과 영어로, 록설해綠雪海 해발 4,900m라고 쓰여 있다. 바다를 볼 수가 없으니 위안 삼아 그리 붙여놓은 것이라 한다.

고산증으로 깨질 듯이 아픈 머리를 부여잡고 최대한 오를 수 있는 능선을 오르니 해발 5,000m는 훨씬 더 오른 것 같다. 망설봉 50여m를 남기고 더는 못 오르고 회원들과 설산의 절경을 배경으로 인증샷을 하고 마음에도 담고 아쉽지만 하산했다. 발아래로 내려다보이는 환상적인 풍경은 감탄이 저절로 나온다. 역시 히말라야산맥의 웅장함과 장엄함을 잘 보여주고 있다.

새로운 도전은 기대감과 함께 두려움도 있지만 경이로운 대자연에 감탄하게 된다. 오늘도 많은 것을 추억하며 오래도록 잊히지 않을 것 같다.

차마고도

아침햇살이 눈부시다. 날씨가 맑으니 여행자의 마음이 한결 여유롭다. 여행의 즐거움은 평소 체험하지 못한 아름다운 경관이나 유적 등을 직접 보는 데 있다. 오늘은 고대하던 차마고도의 길을 가는 날이다. 차마고도의 시발점은 호도협에서 시작된다.

호도협은 마츄픽츄, 밀포드와 함께 세계 3대 트래킹 코스 중 하나이다. 차마고도의 시발점인 나시 객잔을 가기 위해 이른 아침을 먹고 서둘러 소형 버스에 몸을 싣고 상호도협까지 간 후 짚차로 갈아탔다. 길이 험해 일반 승용차로는 갈 수가 없고, 사륜구동 자동차만이 갈 수가 있다.

나시객잔에서 점심을 먹고 차마고도의 길을 우리는 걸어가기로 했다. 등산을 많이 해보지 않았거나 무릎이나 체력이 좋지 않은 사람들은 말이나 노새를 타고 가기도 한다.

태초의 모습을 간직한 경이로운 경관을 본다는 설레임에 어제 옥룡설산 산행의 피로함도 잊었다. 어느덧 시월 하순, 여행하기에 아주 좋은 계절 때문일까 나시객잔에 도착하니 세계 각국에서 모여든 사람들로 북적인다.

노랗고 빨간 이름 모를 꽃들이 부끄러운 듯 마당 옆에 다소곳이 피어있다. 꽃잎 너머로 웅장한 옥룡설산이 올려다보인다. 점심을 든든히 먹고 서둘러 출발했다. 해지기 전에 차마객잔을 지나 중도 객잔까지 가야 숙박을 할 수 있기 때문이다. 산허리를 돌아서니 옥룡설산과 합파설산이 우리를 반긴다.

차마고도는 중국의 차와 티베트의 말을 교환하기 위해 만들어진 교역로로 중국과 티베트, 인도, 네팔을 잇는 육상 무역로다. 이 길은 실크로드보다 200여 년이나 앞선다. 해발 4,000m가 넘는 험준한 길과 5,000m 이상의 설산과 아찔한 천 길 낭떠러지의 절벽으로 이어지는 길이다. 가도 가도 끝이 안 보이는 길을 걷노라니 죽음을 각오하고 가족의 생계를 위해 차와 소금 곡식 등을 말 등에 가득 싣고 이 길을 걸었으리라 생각하니 가슴이 뭉클하다.

마방들은 한번 집을 떠나면 수개월 동안 가족과 떨어져 생활해야 했다. 무사히 잘 다녀오기만을 기도하는 가족들은 매일 매일 마음 졸이며 생활해야 했으리라.

피곤과 지루함이 느껴질 즈음 차마객잔에 도착했다. 객잔의 옥상은 옥룡설산이 가장 잘 보이는 전망대이자 휴게소다. 배낭에서 준비해온 간식을 나누어 먹으며 백설을 품은 설산의 아름다움에 넋을 잃고 있다. 비행기에서 내려다보는 느낌의 절벽은 1,000m는 족히 될듯싶다. 이러한 험준한 길과 절벽을 무사히 지나 간식을 먹는 여유로움에 마음이 한결 가볍다.

이곳은 아주 먼 옛날에는 장엄한 하나의 산이었는데 지진으로 산이 갈라져 옥룡설산과 합파설산으로 나누어졌다고 한다. 그리고 계곡이 생겨 설산의 눈과 얼음이 녹아 흐르는 협곡을 사수가 겨눈 총구를 피해 호랑이가 뛰어 건너자 '호도협'이라 했단다.

차마객잔 주변에는 산 위에서 흘러내리는 폭포수가 있고 몇 가구 안 되지만 비탈진 곳에서 밭농사도 하고 염소도 키우고 있다. 만발한 하얀 메밀꽃이 지친 우리를 미소 짓게 한다. 오솔길 나무 그늘에 노인이 호두와 배를 펼쳐놓고 있다. 우리나라 돌배보다 조금 더 큰데 맛은 좋았다. 우리 일행은 얼마 되진 않지만 모두 사주었다. 거스름돈은 그냥 두라는 말에 고마워서 어찌할 바를 모르는 노인을 뒤로하고 무뎌진 발걸음을 재촉했다.

중도객잔의 숙소가 내려다보이는 언덕에 올라서니 구름 사이로 무지개가 걸려 있다. 우리 일행을 환영하기라도 하는 것일까 환상적이다. 사진에도 가슴에도 담는다. 모퉁이를 돌아서니 동굴이 보인다. 앞을 못 보는 노파가 동굴 앞에서 호두를 팔고 있다. 회원 한 명이 우리나라보다 반값이라며 또 얼마나 불쌍하냐며 호두를 한 말이나 샀다. 그런데 문제가 생겼다. 농산물은 통관하려면 많은 벌금을 내야 한다는 가이드의 말에 일행, 네 명은 피곤함을 잊은 채 세 시간 동안 호두껍질을 제거해야만 했다.

숙소에 누우니 수많은 별이 쏟아진다. 그야말로 장관이다. 해발고도가 높다 보니 별들이 크게 보인다. 자유로운 영혼들의 우주여행을 보고 있는 것 같다. 우주의 신비, 자연의 경이로움에 모든 시름은 눈 녹듯 사라지고 피곤한 몸은 꿈속으로 여행을 떠난다.

아침에 일어나 배낭을 정리하다 보니 스틱이 하나만 있다. 어제 무릎이 아프다 해서 스틱을 빌려준 회원에게 물으니 노파가 사는 집에 놓고 왔다고 한다. 동굴에 들어가 보니 등잔불도 없다. 하긴 앞이 안 보이는 데 등잔불이 필요하겠는가. 반가움에 스틱을 손에 들고 급히 숙소로 왔다. 알고 보니 결혼도 하지 못해 보호자도 없고 동네 이웃들이 보살펴 줘서 연명하고 있다고 한다. 동굴집에서 혼자 사는 안타까운 모습을 떠올리니 지팡이를 놓고 올 걸 그랬나 싶어 온종일 마음이 편치가 않다.

식당 벽에 세계 각국에서 이곳을 찾은 사람들이 이곳을 왔다 가노라고 빈틈없이 써놓고 공간이 없으니 천장 가까이 나무에 붙여놓았다. 우리도 산악회 꼬리표에 매직으로 '2015년 10월 25일 청주ㅇㅇ산악회 누구누구 5명 중도 객잔을 다녀가다.'라고 써서 제일 높고 잘 보이는 곳에 붙여놓고 중호도협을 향했다.

차도 다니지 않는 오직 걸을 수밖에 없는 길을 한참 걷다 보니 직벽의 길이 나온다. 조금이라도 발을 헛디디면 낭떠러지로 굴러 떨어질 형세다. 마침내 중호도협에 도착하였다. 좁은 계곡에 설산에서 녹아내린 거친 물소리는 숨이 막힐 지경이다. 두려움이 엄습해온다. 얼른 사진을 찍고 안전한 곳으로 나왔다. 경이로운 경관, 세상에 이런 곳도 있다니 감탄을 금할 수가 없다.

고성의 호텔로 돌아오는 차에서 고독하고 험한 길의 차마고도를 떠올려 보았다. 중국 원남성에서 인도 네팔까지 기나긴 여정에 온갖 역경을 극복하고 동서가 교류하여 문화의 꽃을 피우고 문명을 발전시켰다.

여행하다 보면 참으로 배우는 것도 많고 느끼는 것도 많다. 대자연 앞에 한낮 인간은 보잘것없는 존재임을 깨닫는다. 차마고도의 절경은 부질없는 욕심을 버리고 대자연 앞에 겸허하라고 우리에게 깨달음의 이야기를 들려주는 듯하다.

몽골의 쑥부쟁이를 보며

2년 전 더위가 막바지 기승을 부리고 있을 즈음, 머리를 식힐 겸 시원한 몽골로 여행을 떠났다. 현지 가이드의 인사말과 함께 몽골의 생활상을 들어보았다. 관광객의 구십 프로는 한국인이란다. 한국회사의 자본에 의해 서서히 잠식되어 말 대신 차들로 술렁이고 게르는 외국인들의 체험 장소로 변모하고 한국인이 지어놓은 호텔이나 유흥 시설에서 자본주의의 달콤한 맛을 느끼기 시작하였다고 한다.

끝이 보이지 않는 초원은 내 마음을 설레게 하기에 충분하다. 울란바토르에서 차로 두세 시간을 달리고 나서야 나무가 보이는 국립공원인 테놀지의 야마트산에 도착하였다. 비탈길과 바위산을 넘고 한대림의 숲을 지나 드디어 정상이다. 우리나라의 산과는 달리 정상 바로 아래 평평한 곳에 돌을 원형으로 쌓아 놓고 말꼬리털을 매단 열두 개의 깃대가 세워져 있다.

이것은 몽골인들의 민간신앙인 어워(Ovoo)란다. 발아래 펼쳐지는 나무 한 그루 없는 광활한 야생 초원의 모습은 태초의 자연 그대로이다. 형형색색의 수많은 풀꽃은 싱그럽고 향기롭다. 2,100m의 고산 이어서일까? 에델바이스도 보이고 야생 양귀비도 유혹의 그윽한 향기를 발하고 있다. 쑥부쟁이며 구절초, 꿀풀 비슷한 이름 모를 꽃들이 한들한들 손을 흔들며 이방의 우리를 반긴다. 특히 쑥부쟁이는 지천으로 널려있다. 우리나라에서도 흔히 볼 수 있는 꽃들이어서 반가웠다.

"쑥부쟁이야!"
"아냐 구절초야!"
"하얀 꽃은 무조건 구절초 파란 꽃은 무조건 쑥부쟁이야!"

언성이 높아가고 있다. 야생화에 해박한 지식을 갖고 있는 듯한 회원 한 분이 "두 분 이리 오세요. 이곳은 우리나라가 아니에요, 꽃만 보고 판단하면 안 될 것 같아요, 사촌도 있어요. 여기 무슨 사연으로 여기까지 왔는지 모르지만, 미국 쑥부쟁이도 있네요. 구절초는 여름에 다섯 마디지만 가을이 되면 아홉 마디가 된다고 해서 구절초라고 하구요, 쑥부쟁이는 가을의 전령사인 들국화 중에서 꽃잎이 연보라에 꽃술이 노란 것을 흔히 말하는데 홍도의 쑥부쟁이의 색은 하얀색에 가깝다는 거 몰랐죠?"라며 싸움을 말린다. 인터넷이 안 되니 꽃 검색은 꿈도 못 꾸고 답답해서 혼란스럽다.

쑥부쟁이의 꽃말은 기다림과 그리움이다. 옛날 원나라는 고려를 여섯 차례나 침공하였다. 삼전도에서 세 번 절하고 아홉 번 머리를 조아리는 삼배 구고 구례의 굴욕을 당했다. 그 결과 몽골은 화평교섭으로 공녀를 요구하였다.

12살 어린 나이에 부모 곁을 강제로 떠나, 수만 리 타국에서 온갖 수모를 당하며 살아야 했다. 얼마나 외롭고 그리웠을까. 부모 · 형제를 한시라도 잊었을까, 고국산천을 얼마나 그리워했을까, 가슴 아픈 슬픔이 이보다 더했을까, 아마 그래서일까 몽골 푸른 초원에 어린 소녀들의 슬픔의 눈물이 알알이 피눈물로 맺혀 영혼으로 승화되어 온 대지를 이렇게 온통 쑥부쟁이로 수를 놓았는지도 모른다.

눈에 넣어도 아프지 않을 여식을 빼앗긴 부모의 마음도 그 슬픔을 잠시라도 잊어본 적이 없으리라. 몽골에서 죽은 고혼孤魂은 초원에 핀 쑥부쟁이 홀씨 되어 남으로 남으로 고향 부모님을 찾아 고향 땅에 슬픈 눈을 가진 파란 꽃을 그렇게도 무수히 피워 내고 있었나 보다.

저녁 식사를 하고 여섯 명씩 한 조가 되어 게르에서의 하룻밤을 지내게 되었다. 밤하늘을 보니 영롱하게 빛나는 별들이 무수하다. 북극에 가까워서일까 크고 밝게 빛나는 별들에 달은 숨어버린 것인가 구름은 고요히 흐르는 은하수를 피해 가고 있다. 공녀로 이곳에 온 소녀는 밤이면 저 별들을 보며 부모님 생각이 더욱 간절했으리라. 고향에 돌아갈 수 있기를 비는 애틋한 기도는 어린 소녀의 그리움의 눈물 속에 비친 별과 부모님의 눈물 속 별이 해후하여 마음속이라도 회포를 풀었으리라. 마음이 애잔해져 잠이 오질 않는다.

수많은 별 들을 바라보니 국사 시간에 배웠던 고려 시대의 몽골과 슬픈 역사가 생각난다. 여섯 번의 침공을 받으면서도 두 번이나 승리로 이끈 김윤후 스님이 떠오른다. 승려이면서 정규군이 아닌 양민들과 의기투합하여 용인 처인성 전투에서 활로 적장 살리타를 죽여 승리하였다. 특히 충주전투는 몽골군이 공격해오자 충주 부사와 판관이 양반 별초와 함께 성을 버리고 달아나자 노비와 천민들, 심지어 초적들까지 규합하였다. 사기를 진작시키기 위하여 노비 문서를 불태우고 모든 역경을 끝까지 이겨 내고 승리하였다.

무려 80년을 수탈해 간 치욕스러운 역사, 우리는 잊고 살지는 않았는지 회한의 눈물이 맺혀온다. 삼별초와 최씨 무신정권은 기억하면서 고려의 영웅 김윤후는 잊고 있지는 않았는지, 나라가 위태로워질 때마다 스님을 비롯하여 양민과 천민들은 분연히 일어나 목숨을 바쳐 나라를 구하였다.

유비무환有備無患이다. 위정자들은 진정으로 국민을 위함이 어떤 것인지 되돌아보고 성찰省察하여 후손에게 부끄럽지 않은 삶을 살아야 하지 않을까?

아침 산책을 하다 보면 밭 언저리 산모퉁이에 쑥부쟁이꽃이 다소곳이 피어있다. 이 꽃을 볼 때마다 나라가 왜 강해져야 하는지를 명심하게 한다.

샤프 베르크산

영화 '사운드 오브 뮤직'의 배경이 된 샤프 베르크산을 트래킹하기로 하였다. 싱그러운 목초지와 예쁜 꽃을 감상하고 정상에 있는 카페와 식당에서 커피와 점심을 먹기 위해 호숫가의 그림 같은 마을에 도착했다. 차도 주민들도 보이지 않는 고요함이 평화롭다. 호수를 바라보니 그림 같은 산과 숲 그리고 주택조차 맑은 호수 속에 물구나무를 서고 있다.

이곳이 오스트리아의 휴양지로 소문난 할슈타트 호수다. 진정 사람이 사는 곳인가? 천사들이 사는 천국이라고 해도 의심치 않으리라. 푸른 하늘에 둥실 떠가는 구름도 물속에서 잠시 쉬어가는 듯 맑고 곱다. 문명 세계를 벗어나 선계仙界에 들어온 것은 아닐까 싶다.

샤프 베르크산의 정상을 오르는 길은 여러 갈래가 있다. 주로 산악 열차를 타고 오르지만 우리는 원시림의 숲을 체험하고 옛길을 따라 약 다섯 시간의 트래킹으로 1,783m의 정상에 오르기로 했다. 힘은 들어도 이름 모를 나무와 풀에서 품어나오는 향기에 취해 깊은숨을 들이쉬며 사색에 잠겨보기도 한다. 팔월의 더위 속에서도 우리가 평소 겪어보지 못한, 말로는 표현할 수 없는 아름다움에 발걸음을 자주 멈추게 한다. 계곡과 능선을 오르내리며 잠시 보였다가는 사라지는 호수며 거대한 나무들이 반겨 주는 숲의 터널 속의 정막은 시원함을 선사하는 듯 고요하다.

산 능선을 넘어서니 나무 하나 없는 넓은 초원과 멀리 알프스 산맥이 눈 앞에 펼쳐진다. 여기가 사운드 오브 뮤직의 첫 장면에 나오는 곳이란다. 이곳에서 노래 부르며 춤을 추었던 대초원이다. 야생화가 만발하여 초원을 오색 찬란하게 물들이고 있다. 우리도 마치 영화의 한 장면처럼 노래를 부르며 춤을 추고 있는 듯한 환상 속으로 빠져든다. 잊지 못할 이 순간을 사진에 담고 마음에도 담아본다.

초원을 지나 목초지대에 도착했다. 소들이 한가하게 풀을 뜯거나 누워서 쉬고 있다. 참으로 여유롭다. 이런 곳에서 나도 목동이 되어 하루쯤 지내보고 싶다는 생각이 든다. 우리나라 소들은 축사에 갇혀 사료에 의지한 채 살만 찌워야 하는 안타까운 현실이지만 이곳 드넓은 초원이 한없이 부럽기만 하다.

정상이 가까워질수록 가파르다 못해 직벽의 능선을 오르려니 현기증이 날 정도다. 빨리 갈 수도 되돌아갈 수도 없다. 수백m 낭떠러지에 공포감이 엄습해온다. 미처 마지막 능선인 줄도 모르고 오십여m의 가파른 계단을 오르니 아터쎄의 십자가가 보이고 드디어 영화에서나 볼법한 장대함이 눈 앞에 펼쳐진다.

넓은 초원에 호수가 내려다보이는 정상의 비경은 말조차 나오질 않는다. 힘들게 올라왔던 보상이랄까? 사방팔방으로 수십 리가 한눈에 들어와 파란 하늘과 에메랄드빛 호수는 물론 거대한 알프스산맥이 펼쳐지는 파노라마가 환상적이다. 그러기에 산악 열차를 정상까지 운행하는 이유일 것이다. 정상에는 커다란 식당이 있다. 힘들게 올라와서인지 기분이 좋아서인지 커피 맛도 일품이고 점심도 꿀맛이다. 날씨까지 좋으니 참으로 아름다운 산이다.

120년 된 산악 열차인 빨간색 전기 기관차를 타고 산에서 내려오면서 차창 밖으로 펼쳐지는 동화 같은 마을 풍경을 보니 이 또한 환상적이다.

온몸으로 느껴지는 여행의 즐거움이 각별하다. 무분별한 개발의 흔적도 없고, 길도 자연스럽게 호수를 따라 나 있다. 자연을 훼손하지 않고 있는 그대로다. 우리나라 시골 마을의 고샅 같아서 참으로 정겹고 낯설지 않다. 고요하고 평화롭다. 수많은 관광객이 마을을 활보해도 부산하지 않고 한적하다.

유명한 관광지라고 길을 넓히고 건물을 높게 짓지도 않았다. 나는 많은 것을 배우고 감명을 받았다. 어디를 가도 쓰레기 하나 찾아볼 수가 없다. 이러한 것이 문화민족이고 선진국이리라. 왜 오스트리아가 가장 살고 싶은 나라 1위인지를 알 것 같다.

비엔나

5년 전 고대하던 동유럽을 여행하게 되었다. 설레는 마음으로 먼저 오스트리아의 수도 비엔나(빈)를 찾았다. 비엔나는 아름다운 도나우강의 본고장이자 왈츠와 함께 영원한 예술의 도시이다.

1세기에 로마제국의 군영지가 축조된 이래 2000년 가까운 역사를 지녔다. 합스부르크 왕가의 650년에 걸친 영광의 도읍지이며 과거의 화려한 역사를 보여주는 박물관, 오페라극장, 대학, 성당 등의 웅장한 건물을 간직하고 있다. 유럽에서 가장 아름다운 도시로 손꼽히는 음악의 도시이기도 하다.

빈 동쪽에 리히텐슈타인 거리에 가보았다. 이곳은 18세기 리히텐 가문의 여름 궁전 박물관이 있다. 연못 위에 궁전이 비치니 더욱 아름다워 보인다. 지금은 박물관인 이곳은 일반인들은 특별 가이드와 동행해서 한 달에 한 번 관람할 수 있다고 한다. 여행사에서 현지 가이드와 일정을 정했다고 한다. 박물관에 들어가는 계단부터 천장의 그림이 관람객을 압도한다. 대략 폭 10여m에 길이는 30여m는 될 듯하다.

이 천장 그림은 300년 동안 햇볕에 노출되지 않아 초기 오스트리아 회화 작품 중 가장 잘 보존된 작품이란다. 신과 거인들의 전투를 주제로 삼고 있는데 하늘에서 엄청난 살육이 벌어지는 광경을 그려놓은 것이라 한다. 동양에서는 벽화가 많은데 서양에서는 유명한 그림은 천장에 많이 그려져 있다.

전시실에는 17세기 바로크 회화의 거장 루벤스의 빛나는 색채에 생동감이 넘쳐 인간의 심리까지 표현한 작품과 그의 제자 반다이크의 '글 쓰는 노인'의 그림에선 무아지경 심리까지도 그려냈다는 그림 이외 걸작들이 즐비하다. 대형 그림부터 조그만 초상화까지 화려해서 금방이라도 캔버스 밖으로 튀어나올 것 같은 느낌이다.

다음으로 리히텐슈타인 도시궁전으로 향했다. 계단에서 이탈리아 신화 속 조각상이 맞이한다. 위엄있는 궁전과는 다르게 예술의 향기가 풍기는 궁전이다. 응접실에 들어서니 화려한 금색 샹들리에가 호화롭다. 청동으로 주조하고 겉에 금으로 붙여 세공한 것으로 1800년대에 만든 것이라 한다. 연회장에 들어서니 천장과 샹들리에 벽의 모든 곳에 청동과 나무 위에 금을 입혔다. 화려한 금속 세공의 절정을 보여주는 화려한 금 예술을 보여주는 문화의 궁전이다.

베르사유 궁전과 더불어 유럽에서 가장 아름답다는 쇤부른 궁전을 찾았다. 오스트리아 제국의 여름 궁전으로 1,441개의 방이 마련되어 있는데 대지가 무려 50만 평에 이른다고 한다. 쇤부른은 '아름다운 샘물'이란 뜻으로 실제로 이곳에 천연 샘물이 있어 왕실의 식수를 제공했으며 모차르트가 피아노 연주를 한 곳으로도 유명하다. 웅장한 바로크 양식과 섬세한 로코코 양식이 절묘하게 조화를 이루고 있으며 꽃이 가득한 대정원이 넓게 펼쳐져 있다. 1996년 유네스코 세계 문화유산으로 지정되었다.

다음날 오스트리아의 상징이라는 슈테판 대성당을 찾았다. 높이 136m, 길이 107m, 폭 34m의 거대하고 웅장한 성당이다. 성당 전체가 카메라에 잡히질 않는다. 12세기에 건설을 시작하여 14세기에 합스부르크 왕가가 개축하여 완성한 오스트리아 최대 고딕 양식 건물이라 한다. 특이한 점은 상층부에 타일로 모자이크를 했다. 섬세하다 보니 유지보수가 쉽지 않은가 보다. 한쪽 편에 가림막을 하고 보수공사가 한창이다.

성당 내부로 들어서니 성스럽고 아름답다. 건축가 아돌프러스는 '지구상에서 가장 아름답고 성스러운 내부를 가진 성당'이라고 칭송했다 한다. 벽면 한쪽에 미사 때 쓰이는 거로 보이는 TV가 놓여 있는데 우리나라 S사 제품이다. 반갑고 한편으론 자부심도 생긴다.

슈테판 성당을 관광하고 비엔나의 중심지 케른트너 거리에 도착하였다. 서울 명동이나 인사동처럼 관광객이라면 꼭 한번은 들려야 하는 관광 필수 코스이며 비엔나 시민들도 여가나 주말 시간을 보내는 번화가다. 세계적으로 유명한 국립 오페라 하우스에서 시작하여 슈테판 대성당 광장에 이르는 비엔나의 중심가로 고품질의 상품들이 진열된 상점들이 많이 있다. 보행자 전용 거리인 그라벤과 콜마르크트로 이어진다. 간판들을 보니 세계 유명 디자이너의 상품, 골동품, 기념품 가게들이 세련되고 화려하다. 비싼 가격에 취향도 맞지 않아 눈으로만 호강만 하고 돌아섰다.

문명의 발달은 나라마다 문화의 꽃으로 피어난다. 예술의 발전은 민족의 혼이다. 각 나라의 전통 예술은 관광 산업의 보고寶庫이며 관광 산업은 부가가치가 높다. 여행하는 곳을 구경만 하고 올 것이 아니라 방문하는 나라의 문화를 이해하고 배워서 우리의 전통문화도 어떻게 발전시켜야 세계인들이 찾을 것인가를 생각해본다.

블레드

'알프스의 눈동자'라고 하는 블래드는 율리안 알프스의 만년설이 녹아내려 에메랄드 물빛을 간직하고 있다. 알프스의 서쪽에 위치하고 있는데 자연의 아름다움과 역사적인 흥미를 모두 가지고 있는 매력적인 도시로 블레드의 이미지는 '성, 그리고 거대한 호수 가운데의 작은섬'으로 잘 알려져 있다.

블레드 호수가 아름답게 내려다보이는 오래된 성이 있다. 1004년 황제가 주교에게 블레드 영토를 선물로 하사해 주면서 만들어진 성으로 처음에는 높은 언덕의 비탈에 성벽과 함께 로마네스크 양식의 탑만이 이곳을 지키고 있었다고 한다. 중세 시대 후반에 더욱 많은 탑이 지어지고 요새의 모습을 갖추게 되었다. 외곽 성벽을 통해 들어가야 하는데 블레드의 성에서 내려다보는 도시 전경은 그야말로 장관이다. 이곳은 관광객으로 북적대는 다른 유럽의 도시와는 달리 고요하고 평화로운 분위기를 느낄 수 있는 곳이다.

섬으로 들어가기 위해서는 '플레트나'라는 전통 나무배를 타고 들어가는데 호수의 오염을 방지하기 위해 뱃사공이 직접 손으로 노를 저어 이동한다. 호수에서 만년설이 덮여있는 알프스를 보니 이곳이 왜 아름다운지를 실감이 난다. 저절로 시상이 떠오를 것 같은 느낌이다.

우리나라 대청호도 문의에서 청남대까지 노나 돛대를 이용하여 관광객을 유치하는 방법을 모색해보면 어떨까 하는 생각을 해본다. 요즈음은 전기 선박도 있다고 하니 호수의 오염을 방지하는데 큰 도움이 되리라.

섬에 도착하니 99개의 계단이 있다. 신랑이 신부를 품에 안고 쉬지 않고 올라가면 평생 헤어지지 않고 잘 산다는 이야기가 전해진다고 한다. 섬 안에는 작지만 성모 마리아 승천 성당이 세워져 있다. 바로크 양식의 성당 내부에는 '행복의 종'이 있다. 사랑하는 남편을 잃은 한 여인이 남편을 기리기 위해 이성당에 종을 달기를 원했지만 이루어지지 못했다. 그 이야기를 들은 로마 교황청이 그녀를 위해 종을 기증하면서 그녀의 소원이 이뤄졌단다. 그녀가 남편을 기리는 마음처럼 이종을 치면 사랑의 행운이 온다고 해서 인기가 높아졌다. 그런 연유로 이성당에서 결혼식을 한 커플들은 종을 치면서 행운을 빈다고 한다. 그리고 이성당은 슬로베니아인들이 결혼식 장소로 손꼽는 인기 있는 장소란다. 나도 6불을 지불하고 가족의 안녕과 행복을 빌며 높이 매달려 있는 행운의 종을 밧줄을 잡고 힘차게 울렸다.

유럽은 물론 세계적으로 유명하다 보니 트럼프 대통령도 여기서 결혼식을 올렸다는 소문이 있을 정도인데 사실은 플로리다에서 결혼식을 했다고 한다. 김일성, 김정일 부자는 실제로 유고슬라비아 티토 대통령을 만나 회담을 하고 모든 일정을 미루고 블레드 호수 주변에 있는 호텔에서 2주간이나 머물며 골프를 즐기다 갔다고 한다.

숙소에 도착하니 예쁘고 잘생긴 여성 안내원이 마치 가족을 만난 것처럼 몹시 반가운 웃음을 지으며 반긴다. 당황하는 내 모습을 본 가이드는 유럽의 어느 나라보다 슬로베니아 여인들은 모두 이렇게 관광객들을 지나칠 정도로 친절하게 안내한다고 설명을 한다. 지금도 유럽 여행을 생각하면 가장 먼저 친절한 미소의 얼굴이 떠오른다. 친절은 사람의 마음을 끌어당기는 자석이다.

저녁을 먹고 숙소에서 쉬고 있는데 아름답고 경쾌한 음악 소리가 들린다. 나가보니 길 건너 성당에서 결혼식을 올리고 있다. 신랑 신부는 물론 친구 그리고 가족 친척들이 음악에 맞춰 전통춤인 듯 남녀들이 손을 마주 잡고 신이 나게 춤을 추며 축하를 하고 있다. 우리나라처럼 술과 음식도 차려져 있다. 구경하는 우리를 향해 오라고 손짓을 한다. 염치 불고하고 축하한다는 말만 하고는 따라주는 술과 음식을 맛있게 먹었다. 동서양을 막론하고 결혼풍습은 거의 같다는 생각이 든다.

알프스가 들려주는 바람의 노래가 블레드 호수 위에 조용히 울려 퍼진다. 잔잔한 파도를 일으키는 아름다운 풍광이 가슴속에 오래도록 자리하고 있다.

돌로미테

이탈리아의 북동쪽 트렌티노-알토아디제주의 남티롤 지방에 있는 돌레미테는 석회암과 백운암으로 이루어진 침봉들이 거대한 산군을 이루고 일출과 일몰 시 장밋빛으로 장관을 이루는 높이 삼천 미터 이상의 18개 암봉과 41개의 빙하가 있다.

드넓은 초원과 맑은 계곡, 아름다운 자태의 숲이 함께 어우러져 '알프스의 숨겨진 보석'으로 불릴 만큼 빼어난 풍경들로 이루어져 있다. 산마다 산악인들의 눈물과 땀과 더불어 전쟁의 슬픈 이야기가 전하여 내려온다. 유네스코 세계유산으로 지정되어 있어 숲과 맑은 계곡이 문화와 함께 어우러져 트레킹 코스로도 잘 알려져 있다.

돌로미터 트래킹 시기는 6월부터 10월까지이다. 그러나 대부분의 산장이 6월 중순에 오픈하여 9월 중순에 문을 닫는다. 우리는 호텔이 아닌 산장에서 먹고 자야 하는데 휴가철을 피하여 일정을 정했다고 한다. 돌로미테는 야영은 물론 취사도 대부분 지역에서 할 수 없으며 세계 최고의 시설을 자랑하는 많은 산장이 많이 있다고 한다.

오스트리아에서 이탈리아로 이동하는데 온종일 비가 내렸다 그치기를 반복한다. 엊그제 이탈리아에는 많은 비가 내려 다리가 끊기고 도로가 파손되어 한 시간이면 가는 길을 네 시간 반이나 돌아서 가야만 했다. 설상가상으로 우리가 목표로 했던 최고로 멋진 삼(3)미녀(치마 피콜라, 치마 그란테, 치마 오베스트)바위는 통제가 되어 가지 못하고 삼미녀 바위가 가장 가까이 보이는 곳으로 트래킹을 하기로 했다. 아쉬움이 크지만, 만약 우리가 트래킹을 하는 중에 비가 많이 와서 사고라도 발생했다면 어절 뻔했을까 하는 생각을 하니 한편으로는 다행이다 싶다. 석회암과 백운암은 비가 내리는 여름철이면 산사태가 자주 난다고 한다.

늦은 밤에 산장에 도착하다 보니 너무 배가 고프다. 예약된 식사로는 부족하여 여기저기서 불만이다. 산속이라 차도 없고 동네 마트까지는 왕복 한 시간이 걸린다고 하니 산장에서 판매하는 맥주 한잔으로 심신의 피로를 풀고 내일 트레킹을 위해 꿈속 여행을 떠났다.

푸른 초원을 뒤로하고 세 시간쯤 산을 오르다 보니 나무 하나 들꽃 하나 보이지 않는다. 거대한 바위 산맥이 장엄하게 끝도 없이 펼쳐져 있다. 산맥에서 쏟아져 내린 작은 돌들과 굴러 나뒹군 바위들이 계곡을 이루는 삭막함에 현지 가이드에게 질문하니 '몇 억 년 전에는 이곳이 바다였으나 융기와 침식이 일어나 이러한 웅장한 산군이 생겼으며 풍화작용으로 해마다 높이가 줄어든다.'라고 한다.

정상에 가까워지자 땅굴도 보이고 지하 벙커가 길목마다 자리하고 있다. 1차 세계대전 중에 이탈리아와 헝가리, 오스트리아가 이곳에서 격렬한 싸움을 했다고 가이드는 설명을 한다. 이곳을 점령한 나라가 돌로미테의 주인이 되기에 영하 삼사십 도를 오르내리는 엄동설한의 겨울 추위를 견디며 싸웠던 흔적이 곳곳에 아직도 남아 있다. 험준하고 높고 깊은 산속에 처절한 전쟁이 있었다니 믿어지질 않는다. 포로를 가두는 감옥도 아직 남아 있다. 벙커의 문은 없어지고 문틀만이 남아 전쟁의 참상을 고스란히 보여주고 있다.

고산 산악전투에서는 총알이나 포탄에 맞아 전사하기보다는 추위, 굶주림, 등반 중 추락과 눈사태로 죽는 경우가 더 많았다고 한다. 실제로 이탈리아군 1,200여 명이 눈사태로 몰살당한 곳이 있으며, 이중 700여 명은 시신조차 찾지 못했다고 한다. 얼마나 힘들었을지, 얼마나 춥고, 배고팠을지를 생각하니 마음이 숙연해진다. 고향의 부모와 형제, 아내와 자식들이 얼마나 보고 싶었을까?

한국전쟁도 휴전협정을 맺은 지 70년의 세월이 되었다. 여전히 종전은 되지 않고 있어 부모 형제가 만나지도 못하고 총칼을 맞대고 있으니 이 얼마나 애통한 일인지 모르겠다. 우크라이나와 러시아의 전쟁도 무고한 시민, 특히 무차별 폭격으로 어린이들이 희생되는 것을 보니 다시는 지구상에서 전쟁이 없었으면 좋겠다는 생각을 하게 된다.

남미 여정의 시작

일탈의 여행은 삶이 무의미하고 권태로워질 때 큰 활력소가 된다. 일상에서 힘이 들면 외면하려 들고 다른 길을 기웃거리던 날들도 더러는 내게 있었다. 그때마다 산을 찾아 몸과 마음을 다스리게 되어 다행이었다.

건강을 회복하고 나니 삶이 조금은 여유로워진다. 남아메리카를 여행하기로 한 후로는 매주 빠짐없이 산행을 통해 심신을 단련하고 술을 자제하며 남미의 현지 정보도 알아보면서 준비물도 하나하나 준비하며 일 년여를 기다려왔다

드디어 긴 여정이 시작되었다. 볼리비아를 여행하기 위해서는 황열병 예방접종 원본을 지참해야 하고 고산병약을 필수로 가져

가야 하며 여권 만료가 9개월 남았는데도 혹여 불이익을 받을지 몰라 갱신하는 등 만반의 준비를 하였다. 비행시간만 스무 시간이 넘는 긴 여정이다. 35명이 한 팀이 되어 부푼 기대를 안고 로스앤젤레스행 비행기에 몸을 실었다.

이륙하자 뭉게구름은 비행기를 따라 조용히 피어오르는가 싶더니 언제 나타났는지 바다가 얼굴을 내밀며 잘 다녀오라는 듯 웃고 있다. LA까지는 열한 시간, 영화 두 편을 보고 잠을 청하니 잠이 오질 않는다. 지난해 알프스산맥의 동유럽 여행과는 사뭇 다르다. 비행시간이 배는 되고 쿠스코는 해발 3600m여서 고산병에 시달릴 수도 있다. 특히 마추픽추의 잉카 트레일이 사뭇 걱정이다. 3박 4일 동안 밤에는 텐트에서 추위를 견디며 잠을 자야 하고 거대한 안데스산맥의 해발 4200m를 오르내려야 하며 아프거나 사고가 나도 중간에 빠져나올 길조차 없으니 신경이 많이 쓰인다.

LA에 예정 시간보다 20여 분 늦게 도착하였다. 쉴 여유도 없이 입국 신고를 마치자마자 페루의 수도 리마행 비행기에 탑승하느라 환승 터미널로 뛰어야 했다. 리마까지는 아직 8시간을 더 가야 하고 리마에서 쿠스코까지 비행기로 한 시간 15분을 더 가야 밥을 먹고 쉴 수 있는 호텔이 있다. 밤새 비행기를 타고 리마에 도착하니 어스름 여명이 밝아온다. 모두 피곤한 기색이 역력한데 눈으로만 말할 뿐 말이 없다. 리마의 야경은 새벽이라 그런지 화려하지는 않으나 도시 구획이 잘되어 있어 쭉쭉 뻗은 도로 옆의 가로등 불빛은 우리만큼이나 피곤한지 졸고 있다.

쿠스코행 조그만 비행기에 환승하고 보니 대부분 동양인이다. 아니 한국인이 전세를 낸 것 같다. 공항에서 직원들은 한결같이 "안녕하세요"라며 한국말로 인사를 한다. 숙소로 가기 위해 터미널에 도착하니 더욱 놀랐다. 승용차들이 절반은 한국산이다. 동남아에 가면 일제차들이 중국에 가면 독일차들이 많은데 여기는 한국인들의 인기만큼이나 국산 차가 많다.

호텔로 가기 위해 버스에 오르니 고희여행을 이곳으로 같이 온 절친의 부부가 고산병약을 먹었는데도 효과가 없다며 얼굴이 붉게 상기 되어있다. 숙소는 화려하지는 않으나 고풍스러움이 유럽에 온 느낌이 든다. 2층으로 된 규모가 비교적 큰 호텔이다.

오전 동안은 호텔에서 여독을 풀고 중식 후에는 쿠스코 시내 구경을 나섰다. 특이하게도 1층은 잉카문명의 건축물들이고 윗부분의 건물은 마야 건축물을 철거하고 스페인식 서양 건축물이다.

일 층은 워낙 견고하게 쌓아 종이 한 장이 들어가지 않는 돌들이 놓여 있다. 불가사의不可思議의 예술품들이다. 인도人道는 물론 차가 다니는 길조차 우리처럼 아스팔트가 아닌 잉카 문명국답게 모든 시내 도로가 돌로 되어있어 걷거나 차로 이동할 때 불편했으나 아마 이것이 마야문명을 경험하는 첫 발걸음이리라.

해가 지자 쿠스코의 야경을 보러 광장으로 향했다. 불빛은 화려하지는 않지만 밝게 비추고 시민들의 활기찬 모습에 행복해 보인다.

과거 도둑들이 많아 관광객들이 피해를 보았던 불명예를 회복하기 위해서일까? 곳곳에 남자 경찰관들도 있지만, 여자 경찰관들도 근무하고 있다. 손자에게 선물할 모자 등을 구매하는 데 불편함을 전혀 느낄 수가 없다. 활기차고 미래가 밝은 관광도시 쿠스코임에 틀림이 없다. 하늘을 보니 별이 밝게 빛나고 있다.

작품 해설

김홍은(충북대학교 명예교수)

〈어머니의 섬〉 수필집 읽고

김홍은(충북대학교 명예교수)

가세현 수필가는 평생을 붓과 함께 살아온 서예가로 한국서가협회 초대작가이다. 그에 고향은 서해안 바닷가 인변의 서산 고을에서 자라서 그런지 성품이 온화하고 매사를 긍정적으로 소박한 인품에 옹골찬 선비정신으로 살아가고 있다. 배움에는 욕심이 많은 수필가로 거기에다 도자기, 수묵화, 문인화까지 섭렵함에 흔히 말하는 팔방미인이라고나 할까. 주경야독의 끊임없는 노력으로 고희전을 수년 전부터 준비해온 예술인이다.

자신의 시간을 한시도 헛되이 보내지 않고 촌음(一寸光陰 不可經)의 뜻을 실천하며 평생을 값지게 살아온 인생 삶의 귀감龜鑑이 되는 소유자이다.

더군다나 토목공사의 기술자로 일상을 생활하면서 등산의 취미로 동호회 활동을 하며, 전국은 물론 세계적으로 유명하다는 산은 다 찾아다녀 자연의 흥취를 글로 남기면서 풍류객처럼 살아온 작가이다. 아직도 호기심이 많고 젊음의 패기가 넘쳐나는 자랑스러운 서예가로 30년을 묵향에 젖어 살아가는 예술가다.

수필 소재를 발견하면, 마치 먹을 갈 듯이 고뇌하는 정신으로 붓을 잡고 거침없이 일필휘지하듯 문장의 표현력이 시원스럽다. 삶의 체험으로부터 울려 나오는 생각과 사물을 보고, 느끼며 통찰한 마음을 진솔하게 문장으로 이끌어가는 빈틈없는 노련함이 돋보인다.

작가의 많은 작품 중에서도 〈어머니의 바다〉, 〈어머니의 섬〉은 부모님께 고마움과 자식으로서 못다 한, 애달픔을 바다를 바라보며 어머니에 대한 그리움을 이끌어 내었다.

〈묵향墨香〉은 한평생 마음의 양식을 쌓겠다는 일념으로 취미 삼아 먹의 향기를 느끼며 배워야 한다는 일념을 담았다. 〈오세암에서〉, 〈몽골의 쑥부쟁이를 보며〉는 산악인으로 자연만 바라보는 풍치뿐만 아니라 지난날의 세월과 인생의 발자취와 슬픈 역사까지 들려주며, 수필의 읽을 거리로 독자를 즐겁게 하고 있다.

〈백일홍〉, 〈함박꽃나무〉, 〈미선나무〉는 임학을 전공한 임학학사로 식물을 감각적 통찰의 감성으로 자연을 바라본 문장표현이 섬세하다. 가세현 수필가는 나와는 대학의 사제師弟 간으로 청출어람靑出於藍이란 단어를 떠올리게 하는《어머니의 섬》수필집을 펴냈음이 감동된다.

약수로 먹을 갈고 있노라면 은은하게 퍼지는 묵향에 취하게 된다. 서예는 먹을 갈면서부터 시작이다. 저녁이면 으레 먹을 갈아 화선지에 시 한 수를 써본다. 먹물은 그 사람의 마음과 정성이 녹아야 비로소 향을 발하고 좋은 글을 쓸 수 있다. 새벽, 네 시경이면 일어나 저녁에 갈아놓은 먹물을 챙겨 복지관 서예 교실로 향한다.

새벽 공기는 정신을 맑고 상쾌하게 한다. 붓을 잡으면 근심은 어느새 사라지고 가다듬은 붓끝은 하얀 화선지 위에 누에가 비단실을 뽑아내듯이 향을 발하며 시詩를 아름답게 수를 놓는다. 이렇게 탄생한 시 한 수는 작품 걸이에 걸어 놓고 감상을 하게 되는데, 꼭 한두 자가 마음에 들지 않는다. 만족할 때까지 연습하고 다시 써보면 또 다른 글씨가 마음에 와닿질 않는다. 그렇게 수십 번을 쓰다 보면 어느 것이 체본인지 알 수가 없을 정도가 된다.

어느새 창밖은 날이 새어 여명은 밝아오고 쓰던 붓은 물에 잘 빨아서 소중하게 가방에 담아 집으로 향한다.

-〈묵향墨香〉 중에서

부지런하게 산다는 것이 어떻게 살아가는 것인가를 새롭게 느끼게 한다. 일념이란 마음과 정성을 녹아내는 정심을 담아낼 때 이룩할 수 있음을 누구나 알고는 있다. 그러나 그 실천이 없으면 목적을 다다르기가 어렵고 성공할 수도 없다. 명심보감에 보면 하루의 계획은 인시에 있다(一日之計 在於寅)고 하였다. 근면한 사람은 새벽에 일찍 일어나 오늘은 무엇을 할 것인가를 생각하고 계획한다.

가세현 작가는 전날 밤에 미리 갈아둔 먹물과 화선지를 챙겨 들고 새벽 4시에 복지관 서예 교실로 향한다.

'정신을 맑고 상쾌하게 한다. 붓을 잡으면 근심은 어느새 사라지고 가다듬은 붓끝은 하얀 화선지 위에 누에가 비단실을 뽑아내듯이 향을 발하며 시詩를 아름답게 수를 놓는다.' 하였다.

고희에 이르는 나이에 아직도 이 같은 집념으로 오로지 묵향의 고요한 정신으로 하루를 시작하는 자세의 마음 문을 열고 있음이 미덥다.

'창밖은 날이 새어 여명은 밝아오고 쓰던 붓은 물에 잘 빨아서 소중하게 가방에 담아 집으로 향한다.'라는 모습이 참으로 의연하다. 서실을 나와, 조용히 걸어가는 발걸음 소리가 소망의 새벽길로 밝혀지는 듯하다.

> 묵향에 젖어 심취하게 되면 시계가 필요 없다. 즐거움 속에 금방 하루가 지나 가버리기 때문이다. 시詩 속에서 만나는 옛 시인의 철학과 문학사상에 심취하게 되면, 고독의 시간도 필요치 않다. 묵향에 젖어 글을 쓰고 집으로 향하는 길은 지혜의 샘물에서 여유와 겸손과 사랑의 향기로 가득 채워져 발걸음이 가볍다. 소리 없이 깊어가는 가을, 오늘도 묵향은 여전히 내 마음 속에 있다.
>
> -〈묵향墨香〉 중에서

사람이 살아가면서 가장 행복함은 어느 때일까. 이는 사람마다 생각이 서로가 다 다를 것이다. 뜻을 이루며 살아가는 것처럼, 즐겁고 행복한 일이 어디 또 있겠는가. 가세현 서예가는 '옛 시인의 철학과 문학사상에 심취하게 되면, 고독의 시간도 필요치 않다.' 라고 하였듯이 옛 시인의 철학은 흥과 예와 즐거움興禮樂으로 시에서 예의적 감흥이 담겨있기에, 예를 따라 지키며 인간의 즐거움을 느끼게 함을 알아, 먹을 갈며 붓을 세워 한 획, 한 획 그으면서 묵향으로 새벽을 맞이함이 아니었을까. 올바른 자세의 사람이 살아가는 법도를 겸손하게 들려주고 있다.

또한, 문학사상으로 먹의 은은한 향기를 통하여 인생의 살아가는 인의예지를 익혀가며, 문학으로 남다른 즐거움을 배워감에서 행복함을 느낄 수 있음은 마음속에 있다고 들려준다.

공자께서도 그랬다. 논어 첫 구절에, 배우고 때때로 그것을 익히면 또한 기쁘지 아니한가?(學而時習之, 不亦說乎)라고 하였다. 배우고 익히는 것만큼 이보다 더 큰 즐거움이 없는 듯하다. 행복은 자신을 갈고 닦아가며 이루어 놓음이 아니겠는가. 서예가로, 수필가로 늘 배움의 자세로 성실하게, 인생을 살아가는 아름다움의 수필이 향기롭다.

해 질 무렵 간월도를 찾았다. 간월암에 오르니 바다가 한눈에 들어온다. 바다 내음이 상쾌하다. 청량한 파도가 밀려온다. 해는 어느덧 서산으로 기울고 물안개가 피어오르니 한 폭의 몽환적 산수화다. 붉게 물들어 가는 석양의 바다를 바라보니 어릴 적 어머니와 게를 잡고, 바지락을 캐던 생각에 가슴이 뭉클해진다. 바다는 모든 것을 다 내어준다. 흔한 게는 물론이고 낙지, 망둥어, 해삼, 바지락, 소라 등을 잡는데 배고픔도 시간 가는 줄도 모른다.

- 〈어머니의 바다〉 중에서

이 문장은 〈어머니의 바다〉 작품의 서두이다.

망망한 바다를 바라보며 철썩이는 파도 소리만 들리는 간월도. 어머니는 늘 바닷가에서 사셨다. 논과 밭의 농토가 있다고 해도 가을이 되어야 수확을 하게 마련이다. 어머니는 고모, 형, 동생들의 등록금과 학비를 마련하기 위해서 여름이면 게를 잡아 시장에서 팔고, 농한기인 겨울이면 바지락을 캐어 학비를 마련하셨던 저 바다. 노을 지는 석양의 바다를 바라보며 어머니의 모습을 회상함에 가슴이 뭉클해 짐은 부모님이 자식을 위한 헌신에 대한 그리움의 아픔이다.

작품의 내용에는, 수없이 호미질하여 바지락을 채취하시던 어머니의 모습은 언제고 무언으로 "열심히 공부를 하거라, 훌륭한 사람이 되어야 한다."라고 늘 말씀하시는 것 같았다고 작가는 고백하고 있다.

어린 시절의 바다를 바라보며 어머니를 떠 올려놓는 잔잔한 수필이다.

석양이 지는 노을 앞에서 간월항 방파제 끝에 등대의 불빛이 깜박인다. 저 등대는 어부들의 등대지만 지금 생각하니 내 인생의 등대임을 깨달았다. 저 등대는 내 어머니시다. 나라 잃은 설움과 전쟁의 소용돌이 속에 가장 힘들게 사셨던 부모님! 내가

> 대학에 합격했을 때 그토록 좋아하셨던 어머니! 겨울철 김장 김치를 볼 때마다 게국지가 생각나고, 게장과 바지락 칼국수를 먹으려 하면 어머니 생각에 목이 메여 젓가락만 들은 채 눈시울을 붉힌 적이 한두 번이 아니다. 허전한 마음과 그리움이 밀물처럼 파고들어 생전에 좀 더 잘해드리지 못했던 기억만이 떠올라 가슴이 미어진다.
>
> -〈어머니의 바다〉 중에서

어둠이 짙어지면 검은 바다의 등대 불빛은 어둠을 발하며 뱃길을 밝혀주고 있다. 해변에서 방향을 잃었을 때의 어부들의 등대로만 생각했었지만, 지금은 자신의 등대임을 깨달았다고 한다. '저 등대는 내 어머니시다.'라는 표현이 감동스럽다. 더 이상 무슨 할 말이 있으랴. 작가는 지난날을 이렇게 회상을 하였다.

모진 고통의 가난 속에서도 오직 자식을 가르치려고 애타시던 보모님. 아들이 대학입학에 합격소식을 들었을 때도 제일 기뻐해 주시던 어머니!.

'겨울철 김장 김치를 볼 때마다 게국지가 생각나고, 게장과 바지락 칼국수를 먹으려 하면 어머니 생각에 목이 메어 젓가락만 들은 채 눈시울을 붉힌 적이 한두 번이 아니다.'는 어머니를 생각하는 자식의 심정이 녹아나, 독자의 마음까지도 울컥하게 만들고 있다. 부모님의 사후회死後悔는 누구나의 공통된 심정이련만 애달프게 가슴으로 밀려오게 한다.

영시암을 지나 오세암이 내려다보이는 만경대에 오르니 구름은 대청봉을 오르내리고 용아장성은 고운 단풍으로 한 폭의 수채화다. 마등령은 웅장한 자태를 여전히 뽐내고, 구름을 밀어낸 하늘은 청정하여 내설악의 모든 풍경이 한눈에 들어온다. 오세암은 고요히 설악의 품 안에 있다.

드디어 오세암에 도착하니 경건하게 울려 퍼지는 목탁 소리와 그윽한 풍경소리는 정겹게 모두를 반긴다. 청정한 바람은 옷깃에 스며들어 땀을 훔치고 한 사발의 약수는 속세의 모든 시름을 한순간에 녹아 내려준다. 앞은 사자봉이요 뒤에는 칠성병품암이다. 매월당과 만해 스님이 삭발 출가한 이곳, 책을 통해 매월당을 알고 만해를 알았을 때 가슴 뭉클한 그 무엇이 나를 며칠 동안 고뇌의 밤을 지새우게 했다.

-〈오세암〉 중에서

설악산 영봉에 앉아 비경을 올려다보고 고개를 돌려 사방을 둘러보는 기분이다. 설악산을 올라가 본 사람은 누구나 공감을 할 것이다. 만 가지의 경치를 굽어볼 수 있다는 만경대, 용의 이빨처럼 생긴 바위들이 성 모양으로 능선을 이룬 용아장성은 만산홍엽으로 붉게 물들여져 있음에 이 아름다움을 한 폭의 수채화로 풍치를 표현하고 있다. '보지 않은 것을 보았다고 말하지 말라'듯이 산을 오르지 않고서야 어찌 구름이 대청봉을 오르내리는 비경을 상상조차 할 수 있겠는가.

'오세암은 고요히 설악의 품 안에 있다.'며 아늑한 산사의 모습을 상상하게 하여 준다.

'청정한 바람은 옷깃에 스며들어 땀을 훔치고 한 사발의 약수는 속세의 모든 시름을 한순간에 녹아 내려준다.'라고 하였다. 목마름을 잊게 해주는 약수야말로 어디 시름뿐이겠는가. 오세암의 산간벽수는 생명의 물소리로 고요히 들려와 독자의 마음조차 맑혀주는 듯하다.

매월당은 위정자들의 모순을 거부하며 방랑의 인생을 살아온 김시습, 승려로 나라를 빼앗긴 한의 아픔으로 항거하며 일생을 마친 만해의 도서를 읽고, 며칠간 잠을 설쳤다는 표현은 진실로 나라를 사랑하는 정신이 뼛속으로 흐름을 느낀다. 인생의 값진 열정으로 선비다운 고결함이 배여 있다.

부처님의 온화한 미소는 우리 모두의 아픔을 씻어주는 것이요, 거룩한 우리 민족의 안녕과 평화를 기원하는 합장은 온 누

리에 자비를 베풂이시라,

분단된 우리 산하! 부모 형제가 헤어져 눈물의 아픔으로 살아야 하는 안타까운 현실이 하루속히 통일되기를 염원하며, 마음속 깊이 간절히 기도를 드렸다.

가슴속에 쌓여있던 삶 속에서 근심의 무게를 조금은 내려놓은 듯하여 마음이 평온해진다. 오세암에 오길 참 잘했다.

매월당과 만해 스님이 만면에 미소 지으며 설법하시는 듯한 오세암의 불경 소리가 멀리까지 울려 퍼진다. 숙연해지며 신선함이 느껴지면서 포근하고 평화로운 행복감에 발길이 떨어지질 않는다.

- 〈오세암〉 중에서

깊은 산속의 청정한 산사에서 들려오는 목탁 소리는 누구에게나 정신을 맑게도 하지만, 부처님의 자비로운 미소는 알 수 없는 평화로움으로 다가온다. 종교를 넘어, 한 인생의 행복을 염원하는 기도가 아닐까.

'부처님의 온화한 미소는 우리 모두의 아픔을 씻어주는 것이요, 거룩한 우리 민족의 안녕과 평화를 기원하는 합장은 온 누리에 자비를 베풂이시라'라며, 작가는 분단의 아픔과 우리의 현실을 가슴 아파하며 독자들의 마음을 달래 주는 훈훈함이 느껴온다.

오세암에서 통일을 기원한 작가의 기도가, 매월당과 만해의 설법으로 함께 천상의 비경 설악산의 영봉을 타고 가득히 들려오는 듯하다.

가세현 수필가의 작품을 읽다 보면 서정적 감성에 빠져 오랫동안 책을 덮어지질 않는다. 수필은 감성에다, 체험과 지성이 담겨있을 때 감동을 받게 된다. 〈어머니의 섬〉 수필집이 바로 그러하다.

수필은 자신의 인생 삶을 채색해 놓은 희노애락이다. 공자께서도 칠십이면 종심소욕從心所欲이라 하였듯이, 가세현 작가는 어떤 문장이든 넘쳐나지 않고 겸손함이 있어 정감이 간다.

어머니의 섬
가세현 수필집

초판 1쇄 인쇄 | 2023년 8월 21일
초판 1쇄 발행 | 2023년 9월 04일

지 은 이 | 가세현
펴 낸 이 | 노용제
펴 낸 곳 | 정은출판

출판등록 | 2004년 10월 27일
등록번호 | 제2-4053호
주 소 | 04558 서울시 중구 창경궁로 1길 29 (3층)
대표전화 | 02-2272-9280
팩 스 | 02-2277-1350
이 메 일 | rossjw@hanmail.net
홈페이지 | www.je-books.com

ISBN 978-89-5824-486-8 (03810)

값 13,000원